KB049508

Only Sense
Online

온리 센스 온라인　19

"으음~!
달고 신선하고 맛있어."

뮤우　*Myu*

한 손 검과 백마법을 다루는 성기사.
녀자애 모임에 참가하는 김에
큔의 과수원을 만끽 중!

"미안해, 늦어서."

마기 *Magi*

톱 생산직 중 한 명으로 무기 장인.
[생산 길드] 확장을 위해 분투 중.

에밀리오 *Emilio*

[연금]과 [합성] 계열 생산직.
[소재상]으로서 윤에게 협력 중.

"마기 씨, 안녕하세요."

**"……으읍,
안녕하세요, 예요."**

레티아 *Letia*
숲의 민족, 엘프처럼 생긴 조교사.
클로드의 가게 과자에 푹 빠졌다.

윤 *Yun*
[아트리엘]을 경영하는 생산직.
[소생약]을 개량하는데 쓸 소재를 수색 중.

온리 센스 온라인
19

아로하자초 지음 | **mmu** 일러스트 | **천선필** 옮김

S NOVEL

커버 그림, 본문 일러스트 | mmu
캐릭터 원안 | **유키상**

Only Sense Online

퀘스트 칩과 개인 필드

Only Sense
온리 센스 온라인
Online

19

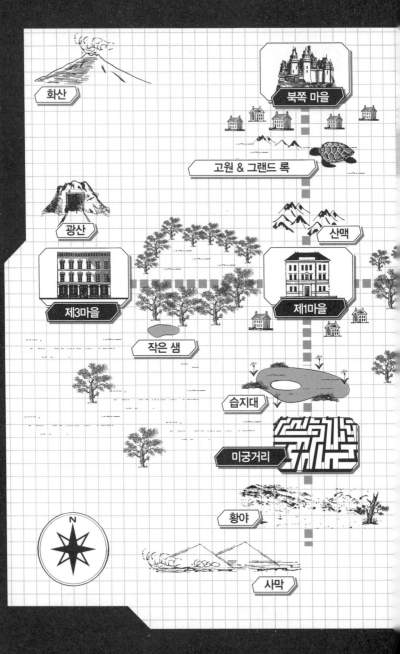

윤　Yun

최고로 인기 없는 무기 [활]을 택해버린 초심자 플레이어. 수습 생산직으로서 부가 마법이나 아이템 생산의 가능성을 깨닫기 시작하고————

뮤우　Myu

윤의 리얼 여동생. 한 손 검과 광 마법을 다루는 성기사로 완전 전위형. 베타판에서는 전설이 되었을 정도의 치트급 플레이어.

마기　Magi

톱 생산직 중 한 명으로 플레이어들 중에서도 유명한 무기 장인. 윤의 든든한 선배로 충고를 해준다.

세이　Sei

윤의 리얼 누나. 베타판부터 플레이한 최강 클래스의 마법사. 수속성을 주로 다루고 모든 등급의 마법을 구사한다.

타쿠　Taku

윤을 OSO로 끌어들인 장본인. 한 손 검을 다루고 경갑옷을 장비하는 검사. 공략에 애쓰는 정통파 플레이어.

클로드　Cloude

재봉사. 톱 생산직 중 한 명으로 의복류 장비품 가게의 주인. 윤이나 마기의 오리지널 장비 클로드 시리즈를 만들었다.

리리　Lyly

톱 생산직 중 한 명으로 일류 목공 기술자. 지팡이나 활 등의 수제 장비는 많은 플레이어에게 인기를 얻고 있다.

서장 회복량 제한과 탐문 조사

여름방학도 중반에 접어들어, 학교 숙제도 거의 다 끝났다. 그리고 지금 마지막 문제를 풀고 있는 참이다.

"좋아, 이제 숙제는 전부 끝냈네. 그럼 OSO에 로그인해 볼까."

나는 요즘 시원한 아침에 숙제나 집안일을 끝내놓고 더운 오후에 에어컨을 켜두어 시원한 방에서 OSO에 로그인하는 것이 일과처럼 되어 있었다.

"이제 마음 편히 OSO 이벤트를 즐길 수 있겠어."

그렇게 중얼거린 나는 VR 기어를 집어 머리에 쓴 뒤 침대에 누워 로그인했다.

OSO에 로그인해서 [아트리엘]의 공방에 도착한 나는 메뉴를 띄워 이벤트 목표를 확인했다.

"목표는 [개인 필드 소유권] 교환에 필요한 은 퀘스트 칩을 75개 모으는 거지."

OSO에서는 현재, 1주년 업데이트와 동시에 금, 은, 동, 이렇게 세 종류의 퀘스트 칩 이벤트가 진행되고 있다.

세 종류의 퀘스트 칩 이벤트란 퀘스트마다 설정되어 있는 보조 보수인 퀘스트 칩을 모아 경품인 희귀 아이템과 교환할 수 있는 이벤트다.

여름방학 전반에는 흥미가 있는 1주년 업데이트 내용을 즐겼다.

방학 숙제도 마친 이제는 마감 기간이 서서히 다가오고 있기에, 슬슬 퀘스트 칩 이벤트를 본격적으로 해볼 생각이다.

"지금 가지고 있는 퀘스트 칩은———, 은 칩 14개하고 동칩 108개구나. 갈 길이 머네."

이벤트 아이템 교환으로 [길드 에리어]를 받은 세이 누나와 미카즈치 같은 사람들이 효율이 좋은 퀘스트를 가르쳐주어서 조금씩 진행은 하고 있었다.

그 결과, 퀘스트 칩도 그럭저럭 모을 수 있었다.

"자, 오늘도 열심히 해볼까."

우선 일과인 [아트리엘]의 재고 확인부터 시작했다.

현재 OSO에서는 1주년으로 인한 신규 플레이어 증가와 여름방학이라는 로그인하기 쉬운 기간, 기간 한정 퀘스트 칩 이벤트 개최 같은 이유로 인해 날마다 소모품이 많이 쓰이고 있다.

그렇기 때문에 수시로 재고를 확인하고 부족한 아이템을 생산해야만 한다.

"그건 그렇고 작업이 꽤 편해졌단 말이지———, 《조합》."

처음에는 조합 스킬로 아이템을 생산하는 것보다 플레이어가 직접 만드는 게 품질이 더 좋은 아이템을 만들 수 있었다.

그때는 만드는 아이템 개수가 적었기 때문에 전부 직접

만들었는데, 만드는 아이템의 종류가 늘어난 지금은 한번 만든 고품질 아이템 레시피에 MP를 소비해서 [조합] 스킬로 재현하는 식으로 만들고 있다.

초반에는 스킬을 통한 재현 생산의 경우, [조합] 센스의 레벨이나 DEX 스테이터스 때문인지 성공 확률이 미묘했다.

그러나 지금은 상위 조합 레시피 말고는 스킬을 통한 재현 생산도 거의 완벽해졌다.

소재만 있으면 스킬로 일괄 생산을 할 수 있기 때문에 부담도 줄어들었고, 그 소재도 [아트리엘]의 약초밭에서 키우고 있다.

그리고 스킬을 통한 재현 생산의 성공 확률이 낮은 상위 레시피는 내가 직접 하나하나 정성껏 만든다.

"좋아, 부족한 분량 보충은 끝났고. 그럼 퀘스트 칩을 모으러——'윤 씨, 손님 오셨어요'——쿄코 씨, 지금 갈게!"

이제 퀘스트 칩을 모으러 나가보자며 의욕을 내던 참에 NPC(논 플레이어 캐릭터)인 쿄코 씨가 손님이 왔다고 말했기에 조용히 한숨을 쉬었다.

"정말, 누가 온 거지? 아니, 타쿠 일행이구나……."

[아트리엘]의 공방에서 가게로 이어지는 문을 열자 가게 안에 있는 타쿠 일행이 보였다.

타쿠는 카운터석에 앉아서 쿄코 씨가 내준 차를 마시며 기다리고 있었고, 간츠와 케이는 상품 진열대를 보며 살 아이템을 고르는 중이었다. 미니츠와 마미 씨는 액세서리 쇼케이스를 바라보며 즐겁게 이야기를 나누고 있었다.

"윤, [교체 소형 망치]로 무기 추가 효과 부여를 부탁하고 싶은데, 지금 괜찮겠어?"

그렇게 물어본 타쿠에게 나는 쓴웃음을 지으며 고개를 끄덕였다.

"이제 퀘스트 칩을 모으러 갈까 했는데, 알았어. 해줄게."

나는 그렇게 말한 다음 타쿠에게서 [교체 소형 망치]에 쓸 무기와 소재, 그리고 추가 효과 조합을 적어둔 메모를 받았다.

이 [교체 소형 망치]는 1주년 업데이트로 추가된 아이템으로 장비의 추가 효과를 다른 장비로 옮길 수 있는 효과가 있다.

"그건 그렇고, 타쿠가 계속 안 오길래 잊어버리거나 다른 생산직에게 맡긴 줄 알았다고."

"미안해. [교체 소형 망치]에 쓸 무기 추가 효과를 모으는 데 애를 좀 먹었거든. 뭐, 퀘스트 칩을 모으거나 다른 업데이트 요소도 확인하긴 했지만 말이지."

"흐음~, 뭐, 상관없지만 말이야."

나는 눈을 흘기며 타쿠의 변명을 듣고는 추가 효과를 옮길 준비를 해나갔다.

"그건 그렇고 타쿠가 부탁한 무기는 숫자가 많네. 소체 무기가 세 자루에……."

뮤우와 함께 [교체 소형 망치]를 썼을 때는 어떤 컨셉의 장비를 만들지 의논하며 진행했었는데, 이번에는 타쿠가 추가 효과 조합을 전부 지정했다.

타쿠는 상황에 맞게 무기를 바꿔가며 싸우는 이도류 검사 같은 스타일이기에 [교체 소형 망치]로 만들 무기의 숫자도 많았다.

"미안해. 주 무기는 마기 씨에게 맡겼지만, 한정적인 상황에서만 쓰는 무기는 윤에게 맡기려고 하거든. 우선, 세 자루만 부탁해."

"우선이라니, 더 늘어나는 거야? 뭐, 그 정도는 맡아줄게."

나는 곧바로 지정된 추가 효과를 타쿠가 가져온 소체 무기로 옮기기 시작했다.

일반적인 부여는 그에 맞는 무기 종류에 따른 생산 센스를 장비해서 강화 소재를 소비하여 부여한다.

하지만 이 [교체 소형 망치]로 효과를 교체할 때는 딱히 생산 센스로 인한 무기의 부여 제한이 없기 때문에, 마음 편히 이야기하며 작업을 진행할 수 있다.

"그러고 보니까, 윤은 퀘스트 칩 좀 모았어?"

"으음~. 그럭저럭? 지금은 목표 중 3분의 1 정도야."

세 종류의 퀘스트 칩은 교환소에서 다른 퀘스트 칩으로 교환할 수 있다.

동 칩 10개로 은 칩 1개, 은 칩 4개로 금 칩 1개 비율이기 때문에 내가 가지고 있는 퀘스트 칩은 은 칩 24개에 해당된다.

그렇게 이야기를 나누는 사이 첫 번째 무기 부여가 완료되었다.

화속성 계열 마법을 막는 [봉마(화)]와 [봉마(염)]과 함께 [자동 수복]과 [내구도 향상] 추가 효과를 넣은 무기다.

"윤이 가지고 싶어 했던 건 [개인 필드 소유권]이었지? 효율이 좋은 토벌 퀘스트를 도와줄까?"

타쿠가 그렇게 제안하자 나는 다음 무기에 추가 효과를 옮기며 대답했다.

"그렇게 말해주는 건 고마운데, 지금은 리리에게 [검은 소녀의 장궁]을 맡겨두었거든."

장비 추가 효과 슬롯 확장 키트인 [익스팬션 키트 I]을 손에 넣어서 주 무기인 [검은 소녀의 장궁]을 리리에게 맡겼다.

그렇기에 주 무기가 없는 상황이라 타쿠가 말한 토벌 퀘스트는 사양할 생각이다.

그렇게 이야기를 나누던 동안 두 번째, 세 번째 무기의 부여를 끝내서 타쿠에게 건넸다.

"자, 이제 다 됐어."

"그럼, 여기 수고비야. 소재가 또 모이면 부탁할게."

"그래, 그래."

내가 타쿠에게서 부여비인 60만G를 받자 액세서리를 보고 있던 미니츠가 말을 걸었다.

"저기, 윤. 여기서 파는 액세서리는 추가 효과 부여도 해줘?"

"강화 소재나 추가 효과를 옮길 장비를 가지고 오면 한 번에 20만G에 해줄게."

미니츠와 마미 씨가 보고 있던 것은 마기 씨 일행인 [생산 길드]에서 주최했던 [교체 소형 망치]를 사용한 장비 품평회를 위해 만든 액세서리 소체였다.

품평회에 출품했던 액세서리는 하나뿐이고, 나머지 소체는 이렇게 [아트리엘] 쇼케이스에 진열해서 추가 효과 주문을 받고 있다.

미니츠가 보고 있던 건 광속성 속성금속인 레이라이트 광석과 미스릴 합금을 사용해서 만든 액세서리다.

"그럼 내가 쓰던 액세서리의 추가 효과를 이 미스릴 합금 액세서리로 옮겨줄래?"

미니츠는 양쪽 손목에 차고 있던 팔찌를 보여주었다.

"알겠어. 그럼 바로 시작할게."

나는 미니츠가 빼서 건넨 액세서리를 받아서 [교체 소형 망치]로 레이라이트와 미스릴 합금 액세서리에 추가 효과를 옮기기 시작했다.

"자. 완성됐어."

내가 완성한 액세서리와 추가 효과를 빼낸 액세서리를 돌려주자 미니츠가 안심한 듯한 표정으로 받았다.

"고마워, 망가지기 전에 추가 효과를 옮겨서 다행이야."

"액세서리 내구도가 꽤 줄었던데, 소중한 거야?"

내가 묻자 미니츠는 쑥스러운 듯이 가르쳐 주었다.

"예전에 다른 생산직 플레이어가 만들어줬는데, 그 플레

17

이어가 게임을 접어버렸거든."

보아하니 현실 쪽 사정으로 인해 OSO를 그만둔 사람인 것 같았다.

그 이후로 그 액세서리를 다른 생산직에게 맡기는 걸 사양했지만, 오랫동안 쓰다 보면 내구도가 줄어들기 때문에 조만간 망가질 가능성이 있었다.

그래서 이번에 큰맘 먹고 [교체 소형 망치]로 새로운 소체에 추가 효과를 옮기고, 원래 쓰던 것은 기념으로 소중히 간직하려는 모양이었다.

"그렇구나. 1년 사이에 그만둔 사람도 있겠지."

OSO가 1주년을 맞이한 지금까지 게임을 새로 시작한 사람도 있고, 현실이나 개인적인 사정으로 인해 그만두는 사람도 있다.

다행히 내가 알고 지내는 사람들 중에 그만둔 사람은 없었지만, 앞으로 누군가가 OSO에 로그인하지 않게 된다는 생각을 하니 약간 쓸쓸한 느낌이 들었다.

"정말, 윤이 그렇게 쓸쓸한 표정을 지을 필요는 없잖아. 그 사람이 OSO에 복귀하면 이 액세서리 수리랑 업그레이드를 다시 부탁해서 쓸 수 있게끔 할 거야."

아무래도 약간 쓸쓸한 마음을 표정에 드러낸 모양인지, 오히려 내가 그녀에게 격려를 받아버렸다.

●

"오, 타쿠하고 미니츠의 용건은 끝난 거야? 그럼 윤하고 의논하고 싶은 게 좀 있는데 괜찮을까?"

상품 진열대에 있는 포션을 바라보던 간츠의 느긋한 목소리를 듣자 울적하고 쓸쓸한 기분도 날아가 버렸다.

"왜 그래? 사고 싶은 상품 정했어?"

"아니, 대충 정하긴 했는데, 여기 있는 것보다 회복량이 높은 [소생약]은 없어?"

간츠가 그렇게 말하며 손가락으로 가리킨 것은 내가 마련해둔 고품질 [소생약]이었다.

중간 소재로 사용한 포션의 소재와 성능, 조합 순서까지 꼼꼼하게 신경 쓴 고품질 [소생약]은 소생 시에 HP를 80퍼센트까지 회복시켜주고, [재생] 효과까지 딸려 있어서 꽤 괜찮은 물건이다.

"미안해, [아트리엘]에는 그것보다 성능이 더 뛰어난 [소생약]은 없거든. 혹시 내가 만든 [소생약]에 문제가 있었어?"

"아니, 윤 때문에 그런 게 아니라 우리에게 문제가 있다고 해야 하나……."

말을 꺼내기 껄끄러워하는 간츠를 보고 내가 고개를 갸웃거리자 케이가 대신 설명해 주었다.

"실은, [소생약]에도 회복량 제한이 걸리게 되었거든."

"어? 그랬어?!"

생각해보지도 못한 이야기를 케이에게 듣고, 나는 깜짝

19

놀랐다.

포션 같은 회복 아이템은 센스의 레벨이 올라 취득한 SP가 일정 이상을 넘어서면 회복량에 제한이 걸린다.

그렇기 때문에 일정 이상 강해진 플레이어는 회복량 제한이 걸리지 않은 상위 포션을 사용할 필요가 있다.

설마 그런 흐름이 [소생약]에도 나타날 줄이야———.

"미처 몰랐네. 언제쯤부터야?"

"잘 모르겠는데, 눈치챈 건 최근이야. 1주년 업데이트 때 변경되었을지도 모르겠어."

"소생 시 HP 회복이 2할 정도가 되는 것뿐이니까. 회복량이 떨어져서 약간 아쉽긴 하지만, 그렇게까지 불편한 느낌은 아니거든."

회복량 제한이 걸린 타쿠 일행에게서 [소생약]의 사용감 이야기를 듣고, 직접적인 문제는 없는 것 같아서 안심했다.

"가르쳐줘서 고마워. 나도 어떻게 해볼 수 없을지 알아볼게."

"여러모로 미안해. 그렇게 해주면 고맙겠어."

내가 [소생약] 회복량 제한에 대해 대처하기로 하자 간츠와 케이가 기존 [소생약]과 메가 포션을 구입했다.

"윤도 퀘스트 칩 열심히 모아~."

"그래, 그래, 모을 거야."

나는 [아트리엘]에서 타쿠 일행을 배웅한 다음, 다시 [소생약]에 대해 생각했다.

"[소생약]의 회복량 제한이라. 새 레시피를 찾아내야겠네."

나는 작은 목소리로 중얼거리면서 자연스럽게 입가에 미소를 드리우고 있었다.

"역시 나는 생산을 좋아하나 봐. 퀘스트 칩을 모으면서 알아볼까?"

몸을 쭉 펴면서 일어선 다음, [아트리엘] 약초밭에 있는 나무 그늘에 드러누워 있던 파트너 사역 MOB인 뤼이와 자쿠로를 불렀다.

"뤼이, 자쿠로, 잠깐 나갔다 올 건데, 같이 갈래?"

내가 부르자 뤼이와 자쿠로가 고개를 잠깐 들었지만, 오늘은 그럴 기분이 아닌지 고개를 살짝 젓고 나서 다시 나무 그늘에서 자기 시작했다.

"뭐, 이런 날도 있는 거지."

나는 쓴웃음을 지으며 혼자 [아트리엘]을 나섰다.

그리고 나는 퀘스트 칩 모으기와 [소생약] 레시피, 양쪽 모두를 해결할 수 있을 것 같은 NPC에게 찾아갔다.

"안녕하세요. 오늘도 포션 납품입니다."

"너구나! 얼른 상품을 내놓으렴! 실력이 떨어지지 않았는지 확인해 주마!"

"할머니도 참. 굳이 그런 말을 할 필요는……."

가게에 들어가자 밉살스러운 말을 내뱉는 약 가게 할머니 NPC와 손녀딸이 있었다.

마법약 제작과 [중급 약사 기술서]를 사면서 알게 된

NPC다.

포션 같은 조합 계열 아이템 납품 퀘스트와도 관계가 있는 NPC들이기에 요즘은 [아트리옐]에서 만든 포션을 납품해서 퀘스트 칩을 모으고 있다.

"그럼 우선 이 포션 납품부터 부탁할게."

"어디……, 흥, 밉살스러울 정도로 품질이 좋군. 자, 보수는 여기 있다!"

할머니는 그렇게 말하며 퀘스트 보수인 약간의 돈을 건네주었다.

조합 계열 납품 퀘스트는 보수인 돈만 놓고 보면 큰 적자지만, 이벤트 기간 중의 보조 보수인 퀘스트 칩을 얻을 수 있다.

납품 퀘스트를 하나 달성해도 동 칩 두세 개밖에 받지 못하고, 퀘스트는 하루에 한 번만 받을 수 있기 때문에 효율은 그리 좋지 않다.

하지만 조합 아이템을 여러 개 납품하면 여러 종류의 납품 퀘스트를 한꺼번에 달성할 수 있다.

한 번 방문으로 동 칩 20개 이상을 모을 수 있으니 은근히 짭짤한 것 같다.

그렇게 납품 퀘스트가 끝나자 약가게 할머니에게 좀 전에 들었던 [소생약]에 대해 물어보았다.

"실은 [소생약]에 대해 물어보고 싶은 게 있는데, 괜찮을까?"

"뭐야, 갑자기. 뭐, 됐다. 말해 봐."

"실은 [소생약] 회복량 제한에 걸린 지인이 있거든. 그걸 어떻게 할 방법이 없을까?"

레이드 보스인 가름 팬텀의 토벌 보수로 손에 넣은 [소생약] 레시피가 나온 책이나 할머니에게 산 [중급 약사 기술서]를 꼼꼼하게 읽어보았지만, [소생약]의 회복량 제한에 대한 내용은 없었다.

내가 그렇게 묻자 할머니가 팔짱을 끼고 끙끙댔다.

"[소생약] 말이냐? 그래, 지금보다 강한 약을 만들고 싶다면 새로운 소재를 넣어야 할 거다."

"새로운 소재? 구체적으로 뭔데?"

"그건 나도 모르지. 이런 마을의 약 가게에서는 [소생약] 같은 걸 팔지 않으니까. 하지만 도서관이라면 낡은 자료가 있을지도 모르겠는데……."

"도서관이라……."

[조합] 레시피에 대해 알아보기 위한 목적이라면 [중급 약사 기술서]가 있기에 요즘은 재미있을 것 같은 이야기를 찾으러 갈 때 외엔 이용하지 않았던 것 같다.

"고마워. 바로 가볼게."

"이런 할멈의 조언도 도움이 되었다니 다행이구먼!"

나는 약 가게 할머니에게 고맙다는 인사를 하고 가게를 나선 다음, 도서관으로 향했다.

1년이 지나도 OSO에 도서관 이용자는 별로 없는지, 실내는 꽤 조용했다.

카운터에 있던 사서 NPC를 발견한 나는 바로 말을 걸었다.

"안녕하세요. 읽고 싶은 책을 찾아주실 수 있을까요?"

"도서관에 오신 것을 환영합니다. 어떤 책을 원하시는지요?"

사서 NPC에게 부탁하는 문의 서비스에도 이제 익숙해졌다.

"실은 [소생약]에 대한 내용이 있는 책을 찾고 있는데요."

"[소생약] 말씀이십니까? 해당되는 책이 세 권 있습니다만, 고객님께서는 이미 열람하신 책입니다."

"어라? 그런가? 으음, 어쩌지……."

[소생약] 레시피를 조사할 때 이미 한 번 읽은 모양이다.

그래도, 당시에는 미처 보지 못하고 지나쳤을지도 모른다.

"일단, 다시 읽어보고 싶어요."

"그럼 해당되는 책을 가져다드리겠습니다."

내가 도서관 안에 있는 열람 공간에서 기다리고 있자니 사서 NPC가 해당되는 책을 가져다주었다.

"이게 해당되는 책입니다."

"감사합니다. 앗, 역시 본 적이 있네……."

곧바로 책을 받아든 나는 [언어학] 센스를 장비해서 페이지를 팔랑팔랑 넘기며 읽었지만, 못 보고 지나친 부분은 없었고, [소생약]의 회복량 제한 해제 방법은 나와 있지 않았다.

"죄송합니다. 제가 찾던 내용이 없어서 이 책은 돌려드릴

게요."

내가 사서 NPC에게 책을 반납하고 이제 방법이 없나라는 생각에 한숨을 쉬자, 책을 받아든 사서 NPC가 내게 말을 걸었다.

"실은 최근 도서관에 새로운 장서가 들어왔습니다. 혹시나 그 책 중에 관련 서적이 있을지도 모르겠네요."

"어? 정말로요?!"

예상하지 못했던 이야기의 흐름에 놀란 내가 사서 NPC에게 묻자 그녀는 미소를 지으며 대답해 주었다.

"네. 하지만 일반적인 사서 업무가 있어서 새로운 장서 정리가 좀처럼 진행되지 않고 있네요. 그러니 혹시 괜찮으시다면 사서 업무를 도와주실 수 있을까요?"

——— [심부름 퀘스트 : 도서관 도우미] ———
도서관의 책을 올바른 책장에 꽂아라. ——— 0/30

그 순간, 심부름 퀘스트가 발생했다.

딱히 메인 보수가 없고 지극히 간단한 NPC 도우미 퀘스트지만, 보조 보수인 퀘스트 칩이 동 칩 5개라 은근히 많다.

그리고 이 퀘스트를 클리어하면 1주년 업데이트로 추가된 정보 등을 새로운 장서라는 형태로 알아볼 수 있는 모양이다.

"여기 있는 반납된 책을 원래 있던 책장에 정리해주시면 새로운 장서 중에서 필요한 책을 찾아다 드릴 테니 부탁드릴 수 있을까요?"

"네, 알겠어요. 할게요."

나는 사서 NPC에게서 퀘스트를 받은 다음, 크고 작은 책 30권을 책장에 정리하는 일을 도왔다.

도서관에 다니는 게 익숙해졌기 때문에 책등에 붙어있는 라벨로 어떤 책장에 있던 책인지 금방 알 수 있었다.

"호오, 이런 책도 있나……. 재미있을 것 같네."

나는 페이지를 넘기며 책을 훑어보았지만, 고개를 흔들며 읽고 싶다는 마음을 떨쳐냈다.

쌓여 있던 책 일부를 들어 올린 나는 몇 번 왕복하며 모든 책을 책장에 모두 정리했다.

그렇게 책 정리를 마친 내가 카운터로 돌아오자 사서 NPC가 책 한 권을 들고 기다리고 있었다.

"감사합니다. 덕분에 새로운 장서 정리를 마쳤습니다. 그중에서 [소생약]과 관련된 서적을 한 권 찾을 수 있었습니다."

"감사합니다. 바로 여기서 읽고 싶은데요."

내가 그녀에게 받은 책에는 업데이트로 추가된 소재를 사용하는 법이나 조합 레시피 같은 것이 적혀 있었다.

그중에서 [소생약]에 대한 정보를 몇 가지 얻을 수 있었다.

"그렇구나, 여기에 적혀 있는 소재를 섞으면 제한이 완화되는 건가?"

소재의 이름이 열 개 정도 적혀 있었지만, 내 [언어학] 센스 레벨이 낮아서 그런지 절반 정도만 읽을 수 있었다.

읽을 수 있는 소재 중에 이름을 들어본 적이 없는 소재가 있는 걸 보니 아직 가보지 못한 에리어에서 입수할 수 있는 아이템이거나, [번개돌 파편]처럼 업데이트로 인해 새로 추가된 아이템일 가능성이 있다.

"일단 메모해두고 좀 더 자세히 조사해 볼까."

도서관 폐관 시간이 되자 알 수 있는 범위 안에서 노트에 소재 이름을 메모한 나는 [아트리엘]로 돌아갔다.

1장   제한 배틀과 공개 모집

도서관에서 [소생약]의 회복량 제한을 완화할 수 있는 소재의 단서를 손에 넣은 나는 [아트리엘]의 카운터에 턱을 괸 채 메모를 보고 있었다.

"우선 알아낸 소재는————, [요정의 비늘가루], [문 드롭], [선플라워 씨유] [용종의 피], 이렇게 네 종류인가?"

이 소재 중 한 종류 이상을 [소생약] 조합 과정에 넣으면 회복량 제한이 조금씩 완화되는 모양이었다.

도서관에서 적어온 소재 메모를 들고 [아트리엘]의 소재 재고를 확인해 나갔다.

"[요정의 비늘가루] 재고는 조금 있긴 한데, 정기적으로 입수할 수 있는 게 아니란 말이지."

1주년 업데이트로 요정 퀘스트가 상시로 진행되게 변경되었고, 앞으로는 요정 NPC도 늘어날 것을 염두에 둔 소재일 것이다.

반짝이는 [요정의 비늘가루]는 나와 알고 지내는 장난꾸러기 요정이 가끔 [요정향의 화왕밀(허니 크라운)]을 가져다주면서 날개에서 떨어뜨리고 간다.

입수가 안정적이지 못한 데다, 변화 계열 포션이나 마법약 재료에 써야 하는 소재이기도 하다.

"그리고 입수 방법을 알고 있는 건 [용종의 피]뿐인가?

그쪽 계통 MOB을 토벌해야만 손에 넣을 수 있다는 건 괴롭네."

[용종의 피]란 특정 MOB이 드롭하는 아이템이 아니라 비룡이나 공룡 등, 나아가서는 도마뱀 계열 MOB이나 뱀 계열 MOB 등의 혈액 계열 아이템을 일컫는 단어인 것 같다.

"그런데 [비룡의 혈액]이나 [공룡의 피]는 상태이상(배드 스테이터스) 효과가 있단 말이지."

하위로 분류되는 [용종의 피]는 포션에 섞으면 회복 효과가 떨어지거나 피 자체에 [독]이나 [저주], [혼란] 같은 상태이상 효과를 가지고 있다.

그렇다고 해서 그런 상태이상 효과를 없애기 위해 상태이상 회복약을 섞으면 포션 자체의 회복 효과가 약해져 버린다.

"간단히 손에 넣을 수 있는 [용종의 피]로 만들 수 있는 개량형 [소생약]과 기존 고품질 [소생약] 중에 회복량이 더 높은 건 어느 쪽일까. 뭐, 대신 쓸 소재는 짐작이 가긴 하는데."

예전에 에밀리 양 일행과 함께 했던 합성 센스를 이용한 [용의 부활]. 그때 썼던 [피의 보주]가 있다.

그것을 핵으로 삼아 용의 화석에서 드래곤 계열 MOB을 부활시키려다가 드래곤 좀비가 되어버렸지.

하지만 [피의 보주]의 원래 사용 방법은 잘게 부숴서 포션 등에 섞음으로써 성능을 높이는 것이다.

"[용종의 피]가 생명력이 강한 생물의 피라는 뜻이라면 [피

의 보주]를 대신 쓸 수도 있겠지만, 그렇게 되면 [소생약]이
비싸진단 말이지."

대체 소재로 사용할 [피의 보주]는 대량의 혈액 아이템을
[연금] 센스로 변환시켜서 만들기 때문에 저렴한 가격으로
대량 제작하기에는 적합하지 않다.

그렇다면 남은 제한 해제 소재는 두 가지다.

"[문 드롭]하고 [선플라워 씨유]라. 어디에 있으려나."

지금까지 본 적도 없고 들은 적도 없는 아이템 이름을 중
얼거렸다.

1주년 업데이트로 추가된 아이템이거나 아직 발견하지
못한 아이템, 또는 아직 달성하지 못한 퀘스트 보수일 가능
성이 있다.

"일단, 가지고 있는 [요정의 비늘가루]로 [소생약] 개량을
해볼까? 그리고 에밀리 양에게 [피의 보주]도 주문해야겠네."

프렌드 통신으로 [소재상] 에밀리 양에게 [피의 보주]를
주문하는 메시지를 보낸 다음, [소생약] 연구에 필요한 소
재를 준비하고 있자니 [아트리엘]의 문이 열렸다.

"윤찌, 안녕! 무기 조정이 끝나서 가지고 왔어!"

리리가 파트너인 불사조, 네시아스를 어깨 위에 얹은 채
다가왔다.

"가져다줘서 고마워. 마침 괜찮은 시간이니까 같이 간식이
라도 먹을래? 장비 설명 같은 것도 이것저것 듣고 싶으니까."

나는 아이템 박스에서 여름에 잘 어울릴 것처럼 시원하게

생긴 후르츠 젤리를 꺼냈다.

후르츠 젤리에는 사과와 비슷한 [다아트 과실]과 [한산 포도], 남국의 과일 등이 안에 작게 떠 있었다.

"와아, 예쁘다! 윤찌, 고마워!"

나는 리리에게 젤리와 스푼을 내주고, 네시아스도 먹기 편하게끔 나이프로 자른 젤리를 내밀었다.

"으음~, 시원해서 맛있네!"

『짹짹!』

리리와 네시아스가 맛있게 먹는 모습을 보고 있자니 후르츠 젤리의 존재를 눈치챈 뤼이와 자쿠로가 내 곁으로 다가와 이마와 앞다리를 비비며 재촉했다.

"아~, 그래, 그래. 뤼이하고 자쿠로 몫도 있으니까 조금만 기다려."

내가 뤼이용 큰 그릇과 자쿠로용 작은 그릇에 각각 나이프로 자른 젤리를 담아주자, 둘 다 와구와구 먹기 시작했다.

어느새 젤리를 다 먹은 리리에게 만들어두었던 달달한 아이스티까지 내주었다. 리리는 그걸 천천히 마시고는 행복한 듯이 숨을 내쉬었다.

"고마워, 윤찌. 맛있었어!"

"그거 다행이네. 그럼 내가 맡겼던 무기에 대해 설명해줄래?"

"물론이지! 말은 그렇게 해도 단기간에 조정한 거라 금방 끝났지만 말이야."

1주년 업데이트 이후로 추가된 [교체 소형 망치]를 써서 주 무기인 [검은 소녀의 장궁]을 업그레이드했다.

그 이후로 장비 슬롯의 확장 키트인 [익스팬션 키트 I]을 손에 넣어서 다시 [검은 소녀의 장궁]을 리리에게 맡기게 된 것이다.

그렇게 업그레이드를 거쳐 강화된 [검은 소녀의 장궁]을 리리가 내게 건넸다.

검은 소녀의 장궁 [장비] ★
ATK + 120
추가 효과 : ATK 보너스, ATK 부가(인챈트), 사격 강화(중),
찌르기 강화(중), 회심(소), 약체화 성공(중)

장비의 기초 스테이터스는 변함이 없지만, 장비 스테이터스에 낯선 ★ 마크와 여섯 번째 추가 효과인 [약체화 성공(중)]이 부여되어 있었다.

보아하니 이 ★마크는 확장 키트로 강화시킨 증거인 것 같고, 최대 3개까지 늘릴 수 있는 모양이다.

"그럼 내가 바뀐 점을 설명해줄게. ……뭐, 슬롯이 늘어난 칸에 [약체화 성공(중)] 추가 효과를 부여한 것뿐이지만 말이지."

"그런 것 같네. 그런데 왜 [약체화 성공] 추가 효과를 넣은 거야?"

강화된 장비를 보았을 때, 그 부분에서 의문이 들었다.

지금까지 공격력을 강화시키는 추가 효과를 부여해왔는데, 이제 와서 리리가 보조 계열 추가 효과를 부여한 이유가 신경 쓰였다.

"1주년 업데이트로 상태이상 성공 확률이 수정되었잖아? 그리고 윤찌의 플레이 스타일로는 다양한 상태이상 공격을 사용할 테니까 이게 나을 것 같아서."

"그렇긴 하지. 상태이상약을 합성한 독화살에 커스드도 있으니까."

원래는 적 MOB에게 상태이상 내성이 있었기에 상태이상에 저항하는 경우가 많았고, 그렇기 때문에 [약체화 성공]은 있어도 효과를 별로 실감할 수 없는 꽝 효과였다.

하지만 1주년 업데이트 조정으로 인한 적 MOB의 상태이상 내성 저하와 상황에 따라 상태이상을 바꾸어가며 주위 사람들을 보조해주는 내 플레이 스타일이 합쳐져서 상성이 좋은 추가 효과로 바뀐 모양이다.

"혹시, 윤찌, 마음에 안 들어? 그렇다면 다른 추가 효과로 바꿀 건데……."

불안해하며 이쪽을 보는 리리를 안심시키기 위해 대답했다.

"이거면 돼. 아니, 이게 좋겠어. 한동안은 이 장비를 써 볼게."

실은 꽝 효과라 불리던 [약체화 성공]에 묘한 친근감이 들었기에 약간 마음에 들기도 했다.

"윤찌, 쓰기 힘들면 말해줘!"

"알겠어. 뭔가 말할 거리가 생기면 말할게."

그렇게 말하며 무기를 가져다준 리리와 네시아스를 배웅한 나는 강화된 [검은 소녀의 장궁]의 시험 사격 상대에 대해 생각했다.

"기초 스테이터스는 변경되지 않았으니까 상태이상을 시험해보기 편한 상대가 좋겠는데."

상태이상은 한 번의 전투에서 여러 번 쓰면 적 MOB이 서서히 내성이 강해져서 잘 걸리지 않기 때문에, 그러한 성공 확률도 확인해보고 싶다.

"HP가 그럭저럭 높고, 위협적이지 않은 적 MOB이라. 그렇게 형편 좋은 상대가……, 있네."

[소생약] 개량에 사용할 새로운 소재를 찾는 것도 중요하지만, 퀘스트 칩도 모아야만 한다.

나는 상태이상 검증과 퀘스트 칩 모으기를 양립할 수 있는 신규 추가 보스에게 도전하기 위해 일어섰다.

『뀨우~?』

"뤼이, 자쿠로, 이번에는 상태이상 검증도 같이 할 거라 너희 둘은 못 데리고 가."

내가 그렇게 말하자 뤼이가 불만스러운 듯이 이마에 난 뿔로 살짝 찔러댔고, 자쿠로도 앞다리로 발치를 탁탁 두드리며 불만을 나타냈다.

"알았어, 알았다고. 그럼 소환석 상태로 데리고 갈게. 하지만 전투에 직접 참가시키지는 않을 거야. ──《송환》."

나는 뤼이와 자쿠로를 소환석으로 되돌린 다음, 그 소환석을 한 번 쓰다듬었다.

뤼이와 자쿠로를 전투에 직접 참가시킬 생각은 없다.

하지만 [조교] 센스의 《간이 소환》 스킬을 통해 뤼이는 HP와 상태이상 회복 스킬을 사용할 수 있다.

《간이 소환》 스킬이 없는 자쿠로도 내게 《빙의》하면 스테이터스가 올라가고 허리에 돋아난 꼬리 세 개가 자동으로 방어를 해준다.

"자, 시험 사격을 하러 가볼까."

뤼이와 자쿠로의 소환석을 인벤토리에 넣고 함께 나서서 [미니 포탈]을 통해 전이한 곳은 광산과 제일 가까운 제3마을이었다.

마을에 도착한 뒤 주위를 둘러보며 염두에 두고 있던 플레이어를 찾아보았다.

『──그레이트 필러에게 도전하실 분, 모집하고 있습니다! 정원은 세 명 남았습니다!』

"마침 타이밍이 좋네."

나는 빠른 걸음으로 사람을 모집하는 플레이어에게 다가갔다.

모여 있는 건 다들 1주년 업데이트로 새롭게 추가된 레이드 보스인 그레이트 필러에게 도전하려는 플레이어인 모양이었다.

제대로 된 장비를 갖춘 상급자와 OSO에 익숙해지기 시작한 중급자, 장비를 아직 전혀 갖추지 못한 초보 플레이어까지 폭이 넓었다.

"저기, 지금 [그레이트 필러 토벌] 공개 모집하는 거 맞지?"

"어? 앗! 유, 윤?!"

내가 토벌 멤버를 모집하고 있던 플레이어에게 말을 걸자, 상대방이 깜짝 놀랐다.

"나도 참가해도 될까? 솔로로 참가해서 실력을 시험해보고 싶은데."

"그, 그러시죠! 잘 부탁드립니다!"

왠지 모르겠지만 긴장한 듯한데 괜찮은 건가. 고개를 갸웃거리며 다른 플레이어들과 마찬가지로 사람들이 다 모일 때까지 기다렸다.

30분 정도 걸려, 무사히 플레이어 30명이 다 모여서 레이드 보스에게 도전하기 위해 포탈로 향했다.

"이제 그레이트 필러에게 도전하기 위해 필요한 아이템을 [포탈]에 쓸 겁니다. 그 직후에 참가자 30명이 전송될 거예요. 보스와 싸우기 전에 시간이 있긴 하지만, 미리 장비 준비를 해주세요."

이번 레이드 보스 토벌 모집자가 주의사항을 말해주었기에 나도 인벤토리에서 [검은 소녀의 장궁]을 꺼내 준비했다.

"그럼 전이를 시작하겠습니다."

포탈에 보스 도전 아이템을 사용하자, 우리는 약간의 부유감과 함께 넓은 원형 광장으로 전이되었다.

천장에는 조명이 켜져 있고, 바닥과 벽은 갈색 벽돌.

그리고 방 가운데에는 한 층이 사람 키 정도 높이이고 측면에는 생물 같은 얼굴이 그려진 돌기둥이 10층으로 쌓여 있었다.

총 높이 15미터 이상인 그것은 돌로 만들어진 거대한 토템 폴이라 할 수 있다.

"이게 그레이트 필러구나."

올려다보기만 해도 목이 아파질 것 같은 거대한 기둥을 보고 누군가가 그렇게 중얼거렸다.

그 목소리와 동시에 거대 토템 폴 측면에 그려진 생물의 눈이 특이하게 빛났다.

돌이 스치는 소리를 내며 돌기둥이 각 층마다 좌우로 회전하기 시작했고, 이곳에 있던 플레이어 전원에게 커스드와 비슷한 어두운 오라가 쏟아져 내렸다.

"자, 레이드 보스, 그레이트 필러와의 전투가 시작된다!"

모집자의 외침과 동시에 참가한 플레이어들이 산개했다. 거대한 돌기둥 형태의 보스인 그레이트 필러를 둘러싸는 듯이 자리를 잡은 것이다.

나도 전이된 위치에서 약간 물러나 후위로서 [검은 소녀의 장궁]을 겨누었다.

"간다."

"""——오오오오오오옷!"""

그렇게 공개 모집을 통한 레이드 보스 그레이트 필러와의
전투가 시작되었다.

●

"우선 《커스드》——, 어택, 디펜스, 인텔리전스, 마인
드, 스피드!"

ㅠㅠ쿠오오오오오오오오오오옷——.ㅛㅛ

전투가 시작되자마자 그레이트 필러에게 최대한 많은 커
스드를 걸자, 돌기둥 측면의 얼굴이 괴로운 듯한 목소리를
냈다.

평소에는 두세 종류만 걸리던 커스드도 업데이트로 인한
약체화 내성 저하와 [약체화 성공] 추가 효과로 인해 네 종
류까지 걸렸다.

"사중 커스드가 성공한 건가? 꽤 많이 바뀌었네. 어이쿠—."

상태이상 검증을 고찰하고 있자니 그레이트 필러의 얼굴
이 플레이어들을 향해 다양한 공격을 날렸다.

생물의 얼굴과 함께 그려진 팔이 돌기둥에서 돋아나 플레
이어를 때리거나, 할퀴거나, 붙잡아서 가볍게 내던졌다.

상단에 있는 돌기둥 얼굴이 느린 속도로 토한 불꽃과 돌
이 원형 광장 곳곳에 떨어졌다.

나는 그런 공격들을 피하며 안전지대인 원형 광장 가장자

리까지 물러섰다.

관찰해보니 지금까지 경험한 보스들의 공격에 비해 꽤 미지근한 느낌이 드는 상대였다.

"[약체화 성공] 추가 효과로 사중 커스드가 성공했으니 상태이상 성공 확률이 올라갔다고 기대해도 되려나?"

나는 그렇게 중얼거리며 참가한 플레이어들의 움직임을 바라보았다.

"좋았어, 가자고!' '돌격이다! 하하!' '자자, 딜을 팍팍 넣자고!'

자신감이 가득 찬 상위 플레이어들이 곧바로 그레이트 필러를 에워싼 채 공격하고, 이번이 첫 도전인 초보 플레이어들은 뒤늦게 빈 곳을 찾아서 한데 모이려는 듯이 이동하기 시작했다.

"아직 전력에 자신이 없는 건가? 왠지 풋풋한 느낌이네."

그런 그들을 위해 이번 토벌 공개 모집을 해준 플레이어가 초보 플레이어들을 보조해줄 수 있는 위치를 잡고 있었다.

참가한 플레이어들의 움직임을 [하늘의 눈]으로 한 발짝 물러난 시점에서 보고 있으니, 각자 무슨 생각을 하고 있는지 읽히는 것 같아서 미소가 드리워졌다.

"자, 나도 상태이상 검증을 시작해야지. 우선 지금 스테이터스를 확인해야겠는데."

어두운 오라로 감싸인 나는 [검은 소녀의 장궁]을 겨누고 일반 화살을 활시위에 매겼다.

그리고 전위 플레이어들 머리 위를 넘어가게끔 화살을 날리자 상단에 있던 그레이트 필러의 측면에 그려진 얼굴에 화살이 박혔다.

푸욱, 가벼운 손맛과 함께 박힌 화살의 공격력은 척 보기에도 떨어져 있었다.

"좋아, 공격력도 꽤 떨어졌네. 이 정도면 상태이상의 효과를 알아보기도 편하겠어."

약체화된 것은 나뿐만이 아니라 전투 개시와 동시에 어두운 오라로 감싸인 플레이어 모두다.

내가 강화된 [검은 소녀의 장궁]의 시험 사격 대상으로 레이드 보스인 그레이트 필러를 선택한 데는———, 따로 이유가 있다.

OSO에 존재하는 많은 레이드 보스는 각 플레이어에게 숙련도와 예비지식, 연계를 요구하기에 그것이 도전하는데 높은 문턱으로 작용하는 측면이 있었다.

그렇게 높은 문턱이 되는 요인을 제거하고 누구나 마음 편하게 도전할 수 있는 레이드 보스라는 컨셉으로 1주년 업데이트 때 추가된 것이 이 그레이트 필러다.

누구나 마음 편히 도전할 수 있게 만든 입문편이라고는 해도, 고레벨 전투직 플레이어가 30명 모이면 순식간에 HP가 사라져 버린다.

그걸 막기 위해 그레이트 필러와의 전투에는 한 가지 기믹이 도입되어 있다.

"———모든 플레이어에게 레벨 제한 약체화. 이거라면 충분히 공격할 수 있고, 상태이상 성공 확률을 확인할 수 있지."

그레이트 필러와의 전투에서는 전투 시작 때 걸리는 어두운 오라로 해제 불가능 약체화가 걸리고, 참가한 플레이어의 센스 레벨을 강제로 10까지 낮춰 버린다.

레이드 보스로서 높은 HP를 가졌고 플레이어에 대한 약체화 기믹으로 인해 상대적으로 전투가 장기화되기 쉬운 그레이트 필러만큼 상태이상 검증에 적합한 상대는 없다.

"상태이상 확률이 걸린 횟수에 얼마나 반비례하는지 알아볼까? [독]하고 [마비] 화살만 시험해봐도 되겠지."

인벤토리에서 꺼낸 독약과 마비약을 합성해서 만든 상태이상 화살을 돌기둥에 날리자 상태이상이 제대로 걸렸다.

"다른 플레이어들 중에서 상태이상을 쓰는 사람이 없으니까 알아보기 쉽네."

나는 혼잣말을 하며 두 종류의 상태이상이 걸리는 정도를 살펴보고 일반 화살로 공격해 나갔다.

상태이상이 걸린 그레이트 필러는 [독 3] 지속 대미지를 받으며 [마비 3]로 인해 일정 시간 동안 행동이 저해되는 상태다.

다른 플레이어들이 그 빈틈을 놓치지 않고 과감하게 공격하는 사이 나는 화살을 날리며 검증을 계속했다.

"그레이트 필러의 내성이 올라간다면 커스드와 상태이상 화살이 언제까지 통하려나."

처음 사용한 커스드와 상태이상이 끝나갈 때쯤, 커스드의 약체화와 상태이상 화살을 날려서 상태이상을 덮어씌웠다.

초반에는 거의 완봉이라고 할 만한 전투 상황. 그 와중에 그레이트 필러를 공격하고 있던 초보 플레이어들도 신경 썼다.

"꽤 힘들어하는 플레이어도 있네. 나중에 보조해줘야겠어."

약체화 기믹으로 인해 플레이어의 센스 레벨이 10으로 제한되어 있다고 해도, 플레이어들이 지금까지 각자 쌓아왔던 것들이 확실한 차이를 만들어냈다.

레벨을 제한해도 상위 센스와 하위 센스는 센스의 기초 스테이터스나 레벨 상승시 스테이터스 상승량이 다르다.

게다가 지금까지 습득한 스킬과 아츠는 그대로 쓸 수 있다.

그 결과———.

"———《파이어 볼》!"

"———《플레임 랜스》!"

불덩이와 불꽃 창이 동시에 그레이트 필러에 부딪히며 대미지를 입혔음에도, 입힌 대미지량에 차이가 생겼다.

그 밖에도 센스 장비칸 확장 유무와 무기, 방어구, 액세서리, 회복 아이템의 성능 차이 등으로 인해 입힐 수 있는 대미지 효율도 달랐다.

『쿠오오오오오오오옷———.』

일정 대미지를 입히자 그레이트 필러의 제일 아랫단 돌기둥이 박살 나, 블럭 빼내기 같은 느낌으로 바로 위 돌기둥이 떨어지며 땅울림을 일으켰다.

이 그레이트 필러는 플레이어 30명이 골치 아픈 기믹이나 강한 기술을 신경 쓰지 않고 돌기둥을 차례차례 부숴나가는 상쾌한 느낌을 맛볼 수 있는 보스전으로 설정된 듯했다.

이번 공개 모집 도전에는 초보 플레이어가 여섯 명 끼어 있다.

물론 나나 모집자처럼 은근슬쩍 초보 플레이어들을 신경 써주거나, 오히려 초보 플레이어가 끼었기에 그만큼 대미지를 자신들이 더 입혀주겠다는 생각을 지닌 상위 플레이어도 있다.

하지만 결국 초보 플레이어들이 장비의 질이나 플레이어 스킬 차이 때문에 다른 플레이어들에 비해 많은 대미지를 입기 시작했다.

"이봐~, 거기 여섯 명. 잠깐 이쪽으로 와봐!"

후위 안전지대에서 내가 말을 걸자 모집자가 돌아보며 고개를 살짝 숙였기에 나도 쓴웃음을 지으며 고개를 숙였다.

아마 초보 플레이어들의 보조를 내게 맡겨준 것 같았다.

"허억, 허억……, 뭐야! 무슨 볼일 있냐고!"

약간 허세를 부리고 싶어 하는 초보인 모양이었다.

처음 라이나와 알을 만났을 때가 생각나서 미소를 지어버렸다.

다른 다섯 명이 무슨 일인가 싶어서 고개를 갸웃거리며 내가 있는 곳까지 와주고, 반발적인 태도를 보이던 플레이어도 뒤늦게 따라왔다.

"대미지를 꽤 많이 입었는데 회복하지 않는 건 포션이 부족하기 때문 아니야?"

"그렇게 많이 사질 못해서, 쓰는 게 아까우니까……."

내가 묻자 초보 플레이어들은 쑥스러운 듯이 눈을 피하며 상황에 대해 이야기해주었다.

왠지 돌봐주고 싶어졌다.

"이거, 내가 만든 포션인데, 혹시 괜찮다면 쓸래?"

인벤토리 안에 들어있던 포션을 30개씩 여섯 명에게 건넸다. 그들은 그 숫자와 배포에 놀랐는지 나와 포션을 번갈아 가며 보고 있었다.

"어? 그래도 돼?! 아니, 왜?"

"새로 시작한 플레이어들이 오랫동안 해줬으면 하니까, 선배가 약간 도와주려는 거지."

내가 쓴웃음을 지으며 대답하자 여섯 명은 고개를 살짝 숙이고는 포션을 받아서 곧바로 하나를 마시고 높은 회복량에 놀랐다.

"어? 말도 안 돼. 회복량이 하이 포션급인데……."

한 개만 마셨는데도 줄어든 HP가 거의 전부 회복되었다는 사실에 놀란 초보 플레이어들에게 다시 물었다.

"그리고 MP 포션 필요해? 아츠나 스킬이라면 적극적으로 대미지를 입힐 수 있고, 스킬을 쓰다 보면 상위 스킬도 얻을 수 있는데……."

"어, 저, 저기……, 주시면 고맙겠네요."

그럼, 자. 그렇게 여섯 명에게 아무렇지도 않게 MP 포션을 20개씩 건넸다.

그 포션으로 그레이트 필러에게 아츠나 스킬을 적극적으로 사용하며 레이드 보스전을 즐겨줬으면 좋겠다.

그리고, 마지막으로———.

"그럼, 다시 열심히 싸워볼까!《존 인챈트》———, 어택, 인텔리전스!"

초보 플레이어가 선배 플레이어들과의 차이를 조금이나마 메꿀 수 있게끔, 모두에게 인챈트를 건 다음 보냈다.

"우오오! 아까보다 대미지가 훨씬 잘 들어가는데! ———《델타 슬래시》!"

"MP 포션이 있어서 마법을 팍팍 날릴 수 있어! ———《파이어 볼》!"

좀 전까지 부족한 회복 아이템 때문에 소극적이었던 초보 플레이어 여섯 명은 내 보조를 받으며 적극적으로 공격하고 있다.

물론 그것만으로는 선배 플레이어들의 대미지 효율에 미치지 못한다.

그럼에도 불구하고 좀 전보다 즐겁게 싸우는 모습을 보고, 다른 참가 플레이어들도 그들을 약간 훈훈한 눈빛으로 보았다.

"그럼, 나도 상태이상 검증을 다시 시작해볼까."

초보 플레이어들을 보조해준 것에 만족하며 두 번째 돌기둥이 파괴된 그레이트 필러를 올려다보았다.

돌기둥이 여덟 개 남은 그레이트 필러의 상태이상이 끊기지 않게끔 세 번째 상태이상 화살을 날려 효과를 다시 걸었다.

평소에는 세 번째부터 동일한 상태이상이 잘 걸리지 않게 되기 때문에 약간 긴장했지만, 아직 괜찮은 모양이었다.

그리고 그레이트 필러의 남은 돌기둥이 다섯 개까지 줄어들고 중반으로 접어들었을 무렵, 상태이상이 잘 걸리지 않게 된다는 느낌이 들었다.

"독하고 마비 상태이상은 대충 다섯 번 정도까지는 안정적으로 걸 수가 있네. 게다가 안정되지 않을 뿐이고 상태이상 화살의 공격 횟수를 늘리면 더 걸 수도 있어. ……어이쿠, 커스드 쪽이 끊길 것 같네.《커스드》———, 디펜스, 마인드, 어택!"

원래 운이 좋으면 초반처럼 사중 커스드도 성공하지만, 커스드 자체가 여러 커스드를 걸수록 성공 확률이 서서히 내려가게 된다.

다행히 커스드를 통한 약체화는 상태이상보다 성공 확률이 더 안정적이었기에, 여러 번 걸어서 내성이 올라간 중반에서도 ATK와 DEF, MIND, 세 종류는 계속 걸고 있다.

지금까지 검증한 결과 예전보다 더 커스드와 상태이상을 전투에서 써먹기 편해진 것 같은 느낌이었다.

"[약체화 성공] 추가 효과가 잘 통하네. 적어도 체감은 될
정도야."

더 이상 계속 걸어봤자 상태이상의 효과가 서서히 발휘되
기 힘들어질 뿐이기에 [약체화 성공] 추가 효과와 상태이상
검증을 멈추고 그레이트 필러 토벌 쪽으로 집중했다.

"자, 슬슬 나도 온 힘을 다해볼까. ──《궁기·단발 꿰기》!"

플레이어들 머리 위쪽으로 날린 내 아츠가 돌기둥의 얼굴
에 강렬한 일격을 가했다.

그렇게 본격적으로 전투에 참가한 나는 상태이상을 도입
한 전투 방식을 파악하기 위해 때때로 [수면]이나 [기절] 같
은 상태이상 화살을 섞어가며 그레이트 필러를 공격해 나
갔다.

상급자들도 각자 알아서 온 힘을 다했고, 초보들은 서로
협력하고 주위 사람들의 보조를 받으면서 공헌했다.

그리고 나나 모집 플레이어처럼 초보들을 신경 쓰던 플레
이어가 그들의 자세가 무너질 것 같으면 말을 걸었다.

"HP와 MP도 줄어들었고, 인챈트 효과가 거의 끝나가고
있다! 일단 안전지대로 물러나!"

"우리가 지켜줄 테니 안심하고 물러나도 된다!"

"알겠습니다! 잘 부탁드릴게요!"

모집 플레이어가 초보들에게 말을 건 다음, 그들이 후퇴
할 때 추가타를 맞지 않게끔 도와주러 나섰다.

그리고 원형 광장의 안전지대로 이동한 그들을 내가 맞이

해 주었다.

"추가 포션하고 MP 포션이야. 그리고 《존 인챈트》━━━,
어택, 인텔리전스!"

"그럼 다시 다녀오겠습니다!"

완벽한 상태로 돌아온 초보들은 다시 신이 나서 그레이트
필러에게 도전하기 시작했다.

그리고, 레이드 보스 그레이트 필러 토벌은 종반으로 접
어들었다.

●

그레이트 필러는 초반부터 중반까지 공격 패턴이 거의 바
뀌지 않는다. 회전하는 돌기둥의 측면 얼굴로 느릿느릿하
게 공격이나 마법을 날리는 것이다.

그리고 종반으로 접어들어 일곱 번째 돌기둥이 파괴되었
을 때, 나머지 세 돌기둥이 후두둑 땅으로 떨어져 내렸다.
굉음과 동시에 측면에 달린 얼굴이 특이하게 빛났다.

『쿠오오오오오오옷━━━.』

"으앗! 뭐야, 갑자기 숫자가 늘어나고 빨라━━━, 끄악!"

"잠깐, 다가오는데━━━, 꺄악!"

돌기둥의 회전 속도가 빨라지고, 세 개가 전부 원형 광장
을 이리저리 회전하며 뛰어다니기 시작했다. 안전지대였던
광장 가장자리 근처에도 공격이 닿게 되었다.

"이봐~, 괜찮아? 어이쿠, 영차!"

"괜찮───지 않아, 으앗?!"

회전하는 그레이트 필러 돌기둥이 서로 부딪히고 튕겨 나가면서 불규칙한 궤도를 그렸다.

앞쪽을 주의하면 뒤쪽이나 옆쪽에서도 다른 돌기둥이 몸통박치기를 가하거나 측면 얼굴로 다양한 공격을 날렸다.

"젠장, [저주] 공격을 당했어. 회피에 전념한다!"

"이봐! 저쪽 초보가 연속으로 공격당해서 [기절]했어!"

"잠깐만, [분노] 눈빛을 맞고 덤벼드는 녀석도 있는데!"

달려드는 돌기둥을 미처 피하지 못하고 측면에서 뻗어온 발톱에 긁혀서, 발톱에 담긴 [저주] 상태이상에 걸린 플레이어.

짧은 간격으로 연달아 돌기둥의 몸통박치기를 맞고, 연쇄(체인) 대미지로 인해 HP 절반 가까이를 단숨에 잃어 [기절] 상태이상에 걸려버린 초보 플레이어.

패턴이 바뀌는 와중에도 과감하게 공격했지만, 돌기둥 측면의 얼굴이 날린 [분노] 상태이상을 유발하는 눈빛을 맞고 정면으로 덤벼들었다가 날아가는 플레이어.

"모두를 치유해줘! 《간이 소환》───, 뤼이!"

내가 뤼이의 소환석을 꺼내서 들어 올리자 하얀 입자가 모여들어 뤼이의 형태를 이루었다.

뤼이가 울음소리를 냈고, 원형 광장에 하얀 빛이 내려와 플레이어들의 몸을 부드럽게 감쌌다.

"오, [저주]가 사라졌네. 그렇다면———, 《플레임 랜스》!"
"으윽, 나는……." "오오오옷!! 오, 오오옷?! 윽?! ———《그
랜드 슬래시》!"

뤼이의 정화의 빛이 내려오고 있는 동안에는 상태이상과
HP 회복 효과를 얻을 수 있다.

[저주]로 인해 마법 스킬이 봉인되었던 플레이어는 회피
후 반격에 나섰고, [기절]했던 초보 플레이어도 깨어나서 자
세를 바로잡았다.

[분노]로 인해 돌기둥을 향해 무모한 공격을 가하던 플레
이어는 뤼이의 정화의 빛으로 제정신을 되찾았고, 근처로
다가온 돌기둥을 눈치채고는 강렬한 아츠를 반사적으로 때
려 넣어 돌기둥을 반대쪽으로 튕겨냈다.

"윤, 구해줘서 고마워!"

"나도 좋아서 해주고 있는 거니까……, 어이쿠……."

나는 감사 인사를 받고 이리저리 회전하면서 광장을 돌아
다니는 세 돌기둥의 공격을 계속 피했다.

이제 광장에는 안전지대 같은 것이 없기 때문에 주위에
있는 돌기둥이나 플레이어들의 움직임을 주의하며 공격에
나섰다.

접근한 돌기둥을 아슬아슬하게 피한 다음———.

"———《궁기 · 갑옷 뚫기》!"

방어력 저하와 방어 무시 효과를 지닌 관통 공격 근거리
아츠를 스쳐 지나가며 날렸다.

돌기둥 측면의 얼굴이 고통으로 일그러졌고, 커스드와는 종류가 다른 방어력 저하 상태이상이 걸렸다.

"이런 느낌으로 카운터를 중시하면서 싸워볼까."

[하늘의 눈]과 [간파] 센스로 그레이트 필러의 돌기둥과 플레이어들의 움직임을 확인하며 공격해 나갔다.

다시 제각각 흩어진 다른 돌기둥에게도 지근거리에서 《궁기·갑옷 뚫기》를 날려서 방어력을 저하시켰다.

"인챈트나 상태이상 화살 말고 아츠의 부차적인 약체화 효과 성공 확률도 올라간 것 같네. 공격 마법 스킬에도 적용된다면 속도를 저하시키는───,《머드 풀》은 난전에 방해가 될 테니까───,《베어 트랩》!"

시험 삼아 돌기둥의 진행 방향에 함정을 설치했다. 그 위를 돌기둥이 통과한 순간, 돌로 만들어진 회색 덫이 바닥에서 나타나 아래쪽을 파고들었다.

대미지에 더해 부차적인 효과인 속도 저하까지 걸린 모양인지 돌기둥의 회전 속도가 느려졌다.

"보조 계열 [약체화 성공]은 효과를 실감하기 쉽지 않아도, 꽤 넓은 범위를 커버해주는 것 같아."

써보고 알게 된 건데, 나는 쓸 수 있는 약체화나 상태이상 수단이 많으니까 그 폭넓은 약체화 수단의 안정성을 무기 추가 효과 슬롯 하나만으로 높일 수 있다는 건 꽤 괜찮은 거 아닌가?

돌기둥들은 벽이나 서로에게 부딪히며 방향을 바꾸었다.

이러쿵저러쿵 생각하며 싸우는 나는 그걸 뛰어서 피하며 화살을 날렸다.

그런 난전 중에 그 사건이 일어났다.

"어?! 그쪽으로 피하지 마! 위험하다고!"

"어? 앗?!"

눈앞에서 달려드는 돌기둥에 정신이 팔려 몸을 날린 초보 플레이어 중 한 명이 나머지 두 돌기둥의 진로 앞에 놓인 상태였다.

"큭, 늦지 마라!"

그리고 그 진로에 끼어든 초보 플레이어를 구하기 위해 모집자도 뛰어가기 시작했다.

하지만 원래 스테이터스를 생각하고 움직였기 때문에, 레벨에 제한이 걸려 약체화된 상황에서는 제때 구해내지 못했다. 그도 돌기둥의 진로 위로 뛰어나가게 되었다.

돌기둥의 진로 위에 파고든 두 플레이어는 앞뒤에서 짓눌리듯 돌기둥의 몸통박치기를 맞아버렸다.

"끄윽, 괴로워……."

"끄아아악, HP가……."

회전하는 두 돌기둥 측면에 끼인 채 두 사람의 HP가 점점 깎여나갔다.

"지금 구해주마! 하아아앗! ──《소닉 엣지》!"

"먹어라! ──《플레임 랜스》!"

그런 그들을 구하기 위해 참가자들이 두 돌기둥에 공격을 집중시켰고, 나도 화살을 날렸다.

두 돌기둥은 설정된 HP 이상의 대미지를 입고 그 자리에 부서져 흩어졌다.

"내가 보조를 맡을 테니까 나머지를 부탁해!"

나는 사이에 끼었던 두 플레이어에게 달려가며, 다른 플레이어들에게 마지막으로 남은 돌기둥을 맡겼다.

"두 명 다 HP가 0이구나. 그럼 [소생약]을━━."

나는 인벤토리에서 [소생약]을 꺼내 두 플레이어의 몸에 뿌리기 시작했다.

그러자 두 사람의 HP가 회복되기 시작했는데, 같은 [소생약]을 썼는데도 불구하고 두 사람의 회복 속도에 차이가 있었다.

초보 쪽은 [소생약]에 적혀 있는 회복량과 마찬가지로 HP가 8할까지 회복되었다.

한편, 모집자에게 사용한 [소생약]은 HP의 2할 정도밖에 회복시키지 못했다.

(이렇게 보니 [소생약]의 회복량 제한이 꽤 큰 차이를 보이는구나.)

최대한 빠르게 개량형 [소생약]을 만들어야겠다고 결심하던 와중에 쓰러져 있던 두 플레이어가 천천히 윗몸을 일으켰다.

"어라? HP가 0이 되어서 마을로 돌아가게 될 줄 알았는데."

"나는 [소생약]을 쓰려고 했는데, 그러기 전에 부활했어.

아, 윤 덕분이구나. 고마워."

초보 플레이어는 아직 혼란스러워하고 있었지만, 내가 옆에 있는 모습을 보고 상황을 파악한 모집자가 고맙다는 인사를 했다.

"신경 쓰지 않아도 돼. 그리고 알고 싶었던 걸 알 수 있어서 마침 잘 됐지."

"알고 싶었던 것?"

"[소생약]의 회복량 제한에 대해서. 실제로 내 눈으로 확인할 수 있었어."

모집자가 그런 거냐며 쓴웃음을 지었고, 초보 플레이어 쪽은 무슨 이야기인지 이해하지 못했지만 일단 [소생약]을 써주었다는 건 이해했기에 고개를 숙였다.

"구해주셔서 감사합니다."

"딱히 상관없어. 그런 것보다, 마지막으로 몰아붙이고 있으니까 다녀오도록 해.《인챈트》──, 어택, 디펜스, 스피드!"

"가, 감사합니다!"

나는 한번 쓰러져서 강화 효과가 사라진 초보 플레이어에게 다시 인챈트를 건 다음 전장으로 보냈다.

10개의 돌기둥 무리인 그레이트 필러는 종반에 남은 돌기둥 세 개가 제각각 움직이며 마구 날뛰고 있었지만, 마지막 하나만 남게 되자 공격을 전혀 하지 않고 플레이어들로부터 도망치기 시작했다.

게다가 돌기둥 측면에 그려져 있는 얼굴도 약간 한심한 듯한 느낌으로 바뀌었기에 그 변화가 우스워서 웃어버렸다.

"자, 나도 막판 스퍼트를 도울까."

아무리 도망친다 해도 이 폐쇄적인 원형 광장은 내 사정거리 안이다.

활을 겨누고 도망치는 돌기둥을 향해 차례차례 화살을 날렸고, 다른 플레이어들의 공격까지 합세하자 마지막 돌기둥이 부서졌다.

"휴우, 이제야 끝났구나."

『ㅠㅠ고생했어~.』』

나는 안도의 한숨을 내쉬었다. 옆에서는 다른 참가자들이 서로 치하를 건네고 회복 마법으로 대미지를 치유하면서 레이드 보스전의 보수를 확인하고 있었다.

"음, 내가 손에 넣은 아이템은———, 뭐, 안 쓰려나."

메뉴를 띄우고 그레이터 필러가 드롭한 아이템을 확인해 보니 그레이트 필러를 본떠 만든 유니크 무기 석장(石杖)을 얻은 모양이었다.

[스톤 토템 폴]이라는 이름이 붙어 있고 측면에 수많은 얼굴이 새겨진 그 석장은 희귀 아이템이겠지만, 내가 쓰지 못하는 유니크 무기이기 때문에 [교체 소형 망치] 소재로도 써먹지 못한다. 쓴웃음이 나왔다.

"뭐, 세이 누나에게라도 선물할까. 그보다 중요한 건———."

이벤트 기간 중 보조 보수로 들어오는 퀘스트 칩도 손에 넣었다.

상대가 레이드 보스라서 그런지 참가자 모두에게 금 칩이 하나씩 주어졌다.

"이걸로 조금이나마 [개인 필드 소유권]에 보탤 수 있겠네."

이제 가지고 있는 은 칩이 29개 정도지만, 아직 갈 길이 멀다.

그리고 나 말고 레이드 보스전에 참가했던 플레이어들이 드롭 아이템과 퀘스트 칩에 대해 저마다 이야기를 하고 있었다.

"금 칩은 어디에 쓸까."

"나는 동 칩 40개로 바꿔서 돈하고 SP와 교환하려나. 그걸로 새로운 장비나 센스를 손에 넣을 거야."

"나도 그럴 거 같은데? 아까는 대미지를 별로 입히지 못했으니까 강해지고 싶어."

"나는 당연히 마개조 무기지. 강화하면 그만큼 강해진다니, 로망이잖아!"

그렇게 말하며 시끌시끌 칩을 어디에 쓸지 떠들고 있는 초보 플레이어들이 풋풋하고 훈훈했다.

뭐, 그중에는 나보다 연상인 것 같은 초보 플레이어도 있지만, 나이와 상관없이 OSO를 즐기는 건 바람직한 일이라 생각한다.

그런 내 곁으로 이번 레이드 보스 토벌 멤버를 모집한 플레이어가 다가왔다.

"고생 많았어. 그리고 여러모로 보조해줘서 도움이 많이 됐어. 고마워."

"그쪽도 고생했어. 나는 좋아서 보조 역할을 맡은 것뿐이니까 신경 쓰지 말아줘."

내가 그렇게 말하자 모집자가 곤란하다는 듯이 웃었다.

"그래도 이번에는 덕분에 살았어. 지금까지도 공개 모집으로 다양한 플레이어들하고 여러 번 도전했었는데 이번에는 정말 편했거든."

모집자가 한 이야기에 따르면 공개로 모집하면 조합이 다양한 파티가 모인다고 한다.

공격에만 치우치거나, 절반 가까이가 초보거나, 싸울 생각이 없고, 그냥 참가하기만 해서 드롭 아이템과 퀘스트 칩을 받으려 하는 사람이 있거나……

"레이드 보스의 연습용으로 모집하던 건데 꽤 힘들었단 말이지. 그러니까 모집자로서 초보들을 보조만 해줬었는데, 이번에는 윤이 도와준 덕분에 오랜만에 즐길 수 있었어."

"그렇구나. 정말 고생이 많네. 하지만 나도 상태이상 검증 같은 걸 위해 이용했으니까 너무 그렇게 고맙다고만 하면 쑥스러운데."

나는 곤란하다는 듯이 미소를 지었다.

보조 역할을 맡는 사람들끼리 동질감 같은 게 느껴져서, 보스전이 끝난 뒤의 유예 기간 동안에는 모집자와 이야기를 하며 전이될 때까지 기다렸다.

제3마을로 전이된 뒤에는 다들 행동 방식이 다양해졌다. 레이드 보스전과 그 뒤 잡담 때 마음이 맞은 플레이어들끼리 프렌드 교환을 하거나, 곧바로 손에 넣은 아이템과 보수를 사용하기 위해 곧바로 해산하거나, 그곳에 남아 잡담을 계속하거나.

 나는 [약체화 성공] 추가 효과의 사용감에 만족하며 [아트리엘]로 돌아와 이번에 쓴 포션과 상태이상 화살을 보충했다.

 나중에 내가 포션을 주며 보조해준 초보 플레이어들이 [아트리엘]에 포션을 사러 와서 새로운 단골 손님이 되었다는 건 여담이다.

2장   문 드롭과 수확제

강화된 [검은 소녀의 장궁]의 사용감을 확인한 나는, 납품 계열 퀘스트를 통해 퀘스트 칩을 모으면서 [소생약]을 개량하는 데 쓸 소재를 찾는 중이었다.

"윤 언니, 같이 놀러 가자~. 내가 퀘스트 칩 모으는 것도 도와줄 테니까."

오늘도 [소생약]에 쓸 소재를 찾기 위해 오후부터 로그인한 나를 뮤우가 [아트리엘]에서 기다리고 있었다.

루카토 일행이 현실 쪽 일정 때문에 자리를 비운 모양이라 대신 나를 데리고 나가려는 모양이었다.

"오늘은 마기 씨랑 에밀리 양, 레티아하고 이야기를 좀 하러 갈 거니까, 나중에."

내가 이제 곧 마기 씨 일행을 만나러 간다는 구실로 거절하자 뮤우가 눈을 반짝였다.

"어? 마기 씨네랑 여자애 모임이야?! 나도 따라갈래! 윤 언니랑 같이 갈래!"

"나는 남자니까 여자애 모임이 아니라고……. 정말."

나와 같이 가고 싶다고 떼를 쓰는 뮤우를 보고 한숨을 쉬었다.

"딱히 들어도 곤란할 만한 이야기는 안 할 거지만, 진짜로 따라올 거야? 아마 심심할 텐데."

"그렇지 않아! 마기 씨네랑 만나기만 해도 즐거우니까!"

그렇게 말하며 티 없는 미소를 지은 뮤우를 본 나는 어쩔 수 없다며 쓴웃음을 지었다.

"일단 마기 씨네에게 연락해서 허락을 받으면."

내가 오늘 만날 멤버들에게 프렌드 통신으로 확인하자 모두가 흔쾌히 뮤우의 참석을 허락해 주었다.

"윤 언니, 어떻게 됐어?"

"다들 허락했으니까 클로드의 가게로 갈까. 거기서 만나기로 했어."

"네에~! 클로드 씨네 가게는 차하고 과자가 맛있으니까 기대되네!"

나는 허락을 받아서 신이 난 뮤우와 함께 [아트리엘]을 나섰다.

경쾌한 발걸음으로 나아가는 뮤우와 나란히 클로드의 가게인 [콤네스티 카페 양복점]으로 가보니 가게 안에는 이미 에밀리 양과 레티아가 기다리고 있었다.

"에밀리 양, 레티아, 안녕."

"안녕하세요! 오늘은 윤 언니랑 같이 왔어요!"

"윤 군, 뮤우, 안녕."

나와 뮤우가 인사하자 에밀리 양이 찻잔을 내려놓고 인사를 해주었다.

"……으읍, 안녕하세요, 예요."

테이블에 과자를 잔뜩 쌓아놓고 먹고 있던 레티아는 입안에 있던 과자를 삼키고 나서 고개를 살짝 숙이며 인사해주었다.

"그건 그렇고 신기하네, 윤 군이 이런 곳에 뮤우를 데리고 오다니."

"아니, 뮤우가 심심하다면서 따라온 거라고……."

"아하하하핫, 오늘은 루카네 일정이 따로 있어서, 솔로도 재미없고……."

곤란하다는 듯이 웃는 뮤우를 보고 에밀리 양과 레티아도 납득했다.

"앗, 그 과자 맛있겠다! 나도 주문해야지! 점원분~, 밀크티하고 후르츠 타르트 부탁드릴게요!"

곧바로 메뉴를 주문하는 뮤우에게 맞춰서 나도 홍차와 쇼트케이크를 주문하고는 마기 씨가 도착할 때까지 기다렸다.

얼마 지나지 않아 마기 씨가 왔다.

"미안해, 늦어서. 그리고 뮤우, 어서 오렴!"

"마기 씨, 늦지 않으셨으니까 괜찮아요."

"오늘은 여자애 모임에 실례 좀 할게요!"

그러니까 여자애 모임이 아니라고. 내가 뮤우에게 그렇게 태클을 걸자 마기 씨가 쿡쿡 웃었다. 에밀리 양은 쓴웃음을 짓고, 레티아는 고개를 살짝 갸웃거리고 있었다.

"그런데 윤 군이 우리를 부른 이유는 뭐야?"

대충 인사를 마치고 나자 마기 씨가 곧바로 용건에 대해 물었다.

나는 이야기가 빨리 진행되어서 다행이라고 생각하며 마기 씨와 에밀리 양, 레티아를 번갈아 보고는 오늘 모여달라고 한 이유를 설명해 나갔다.

"실은, 개량형 [소생약]을 만드는 것에 대해 의논하고 싶거든."

"개량형? 아, 소생약의 회복량 제한 말이구나."

내가 그렇게 말하자 마기 씨가 곧바로 요점을 짚어주었다.

"네. 기존 [소생약]에 특정 소재를 넣음으로써 회복량의 제한이 해제되는 것 같거든요."

목적이 [소생약]의 개량이라고 말하자 에밀리 양은 오늘 모인 사람들의 공통점을 발견했다.

"우리 공통점이라면 요정이 있다는 거려나? 그렇다면 윤 군이 원하는 소재는 [요정의 비늘가루]인 거야?"

에밀리 양은 곧바로 [소생약]의 제한 해제 소재 중 하나가 [요정의 비늘가루]라는 걸 맞췄고, 나는 그것도 이유 중 하나라고 대답했다.

마기 씨는 대장간의 화로 화력 조절을 불의 요정의 도움을 받아 진행하고 있고, 에밀리 양은 [소재상] 점포에서 재배하고 있는 식물의 관리를 물의 요정에게 맡기고 있다.

레티아는 사역 MOB으로 바람의 요정인 야요이를 동료로 삼았다.

세 명 모두 요정 퀘스트를 클리어한 다른 플레이어들보다 요정 NPC와의 거리감이 가까운 것이다.

"윤 군에게도 장난꾸러기 요정이 찾아오잖아? 가끔 아이템을 가져다주지? 그때 떨어뜨리고 가는 [요정의 비늘가루]로는 부족한 거야?"

"일단 있긴 한데요, 변화 계열 포션 소재로도 쓰니까 재고가 별로 없거든요."

무엇보다 장난꾸러기 요정이 정기적으로 방문하는 게 아니라 [요정의 비늘가루]의 입수가 불안정하다.

가끔 [아트리엘]에 요정 NPC용 과자를 사두면 그 과자를 먹으러 모여든 요정 NPC들이 [요정의 비늘가루]를 떨어뜨려 주긴 하지만, 그걸 다 모아도 작은 병 하나가 될까 말까 한 양이다.

"개량형 [소생약] 레시피를 조사하기 위해서 어느 정도의 양을 확보해두고 싶거든."

"으음~, 미안해. [요정의 비늘가루]는 [대장]에도 쓰니까 제공할 수가 없을 것 같은데."

"[소재상]인 나로서는 희귀한 소재니까 별로 넘기고 싶지 않거든."

마기 씨와 에밀리 양에게 거절당한 나는 한숨을 쉬며 어깨를 늘어뜨렸다.

그런 와중에 과자를 먹다가 멈춘 레티아가 긍정적인 대답을 해주었다.

"저는 딱히 상관없는데요. 사역 MOB의 부산물로 꽤 얻는 편이라서요."

레티아는 [요정의 비늘가루]를 꽤 많이 가지고 있지만 마기 씨나 에밀리 양처럼 생산 센스가 있는 게 아니기 때문에 파는 것 말고는 써먹을 용도가 없어서 가지고 있었던 모양이었다.

"일단 가지고 있는 것들 중 절반을 사주실래요?"

"그래, 물론이지. 시가보다 비싸게 살게! 고마워, 레티아!"

내가 곧바로 레티아에게서 [요정의 비늘가루]를 사들일 가격을 의논하고 있자니 뮤우가 신이 난 표정으로 나를 보았다.

"뮤, 뮤우. 왜 그렇게 방긋방긋 웃고 있어?"

"아니, 윤 언니가 즐거워 보여서."

뮤우가 내 표정이 그때그때 바뀌어서 재미있다고 했기에 나는 쑥스러워져서 뮤우로부터 눈을 돌렸다.

"……뭐, 레티아랑은 나중에 구체적인 가격을 이야기해볼까."

나는 차를 마시며 기분을 가라앉힌 다음, 다시 소생약 제한 해제 소재 이야기를 꺼냈다.

"[요정의 비늘가루] 말고도, 에밀리 양에게 제작 의뢰를 했던 [피의 보주]도 해당될 가능성이 있거든."

"[피의 보주]라면 강력한 혈액 계열 아이템도 해제 소재 중 하나라는 거구나."

"응. 도서관에서 조사해본 책에 따르면 해제 소재 중 하나로 [용의 피]라는 게 있는데, 용이나 파충류 계열 MOB의 혈액 계열 아이템은 종류가 많아서 확정 짓기가 힘드니까, [피의 보주]라면 대체 소재가 될 것 같거든."

내 생각을 들은 에밀리 양이 맞장구를 쳤다.

"그래. 디메리트 효과가 있는 혈액 계열 아이템도 많고, [피의 보주]라면 포션에 섞을 때 회복 효과를 늘려주니까 대체 소재로 가능성은 있겠네. 알겠어, [소재상]으로서 그 제작 의뢰를 받아들일게."

그렇게 [요정의 비늘가루]와 [용의 피]의 대체 소재인 [피의 보주]는 확보할 수 있을 것 같다.

"고마워, 이제 [소생약] 개량이나 [피의 보주]에 대한 검증을 할 수 있겠어. 레시피가 완성되면 에밀리 양에게도 가르쳐줄게."

"어머, 배포가 크네."

내가 안심하며 에밀리 양과 레티아에게 고맙다는 인사를 하는 동안, 마기 씨는 생각에 잠긴 듯이 턱에 손을 대고 있었다.

"있지, 윤 군. [소생약]에 쓸 해제 소재는 [요정의 비늘가루]하고 [용의 피]뿐이니?"

"도서관에 있던 책에는 열 종류가 적혀 있었는데, 그중에서 제 [언어학]으로 읽을 수 있는 단어 중에는 [문 드롭]하고 [선플라워 씨유]라는 소재도 있었어요. 그런데 본 적도 없고 들은 적도 없어서……."

내가 힘없는 표정으로 대답하자 마기 씨 일행도 생각에

잠겼다.

"으음~. 미안해. 나도 잘 모르겠어. 내가 가지고 있는 소재 중에는 없을 거야."

"[소재상]으로서 새롭게 추가된 소재는 체크하고 있는데, 기억이 안 나네."

"꽃 씨유……, 튀김인가요? 츄르릅……."

마기 씨와 에밀리 양은 내게 힘이 되어주지 못하는 걸 미안해하고 있었다.

레티아가 천진난만하게 먹는 쪽 이야기를 꺼냈기에 모두가 쓴웃음을 지으면서도 분위기가 부드러워졌다.

"뭐, 초조하게 생각해봤자 어쩔 수 없고, 조만간 누군가가 찾아내겠지."

지금 단계에서 알고 있는 소재로 이것저것 시험해볼까. 그렇게 생각하던 내게 뮤우가 뭔가 짐작되는 게 있는지 눈을 이리저리 굴렸다.

"으음~. 윤 언니가 찾고 있는 소재가 이건지도 모르겠어."

뮤우는 인벤토리에서 갈색 껍질로 싸인 덩어리를 네 개 정도 꺼내서 테이블 위에 올려놓았다.

그걸 집어 든 나는 아이템 이름을 확인했다.

"이건———, [문 드롭 알뿌리]?!"

"응. 루카네하고 북쪽 마을 근처 설원 에리어를 탐색하다가 리레이가 화속성 마법으로 녹인 눈 아래에서 발견한 거야."

"그렇구나. 뮤우네 파티는 OSO의 최전선 플레이어니까 찾아내더라도 이상할 게 없겠어."

마기 씨도 늘어놓은 알뿌리를 집어 들고 확인한 다음, 다시 테이블 위에 올려놓았다.

"이제 금방 [소생약]을 개량할 수 있는 건가요?"

레티아가 그렇게 물었지만, 에밀리 양이 그 말을 부정했다.

"으음~, 글쎄. 식물의 부위마다 용도가 다른 약초도 있으니까, 알뿌리를 그대로 해제 소재로 쓰지는 못할지도 몰라."

[소생약]의 개량 레시피에는 [문 드롭]이라고만 적혀 있었다.

그러니 이 알뿌리를 재배한 뒤 채집할 수 있는 어떤 부위가 해제 소재로 효과적일지를 조사해 봐야만 한다.

"일단, 뮤우. 이 알뿌리는 받아도 되는 거야?"

"응! 윤 언니가 필요할 것 같아서 모은 거니까, 줄게. 그대신, 제대로 개량한 [소생약]을 만들어야 해!"

"물론이지. 그러기 전에 이 알뿌리를 농부 NPC에게 한번 보여줘야겠는데."

농부 NPC는 제1마을 남쪽에 있으면서 농업 관련 조언을 해주는 사람이다.

지금까지 손에 넣은 식물의 씨앗을 재배하는 방법 같은 것들도 가르쳐 주었다.

"좋았어, 그럼 바로 가자!"

[소생약] 개량에 대한 의논도 마쳤으니 오래 머물러 있을 필요도 없다.

나는 [아트리엘]에서 집을 보고 있는 뤼이와 자쿠로, NPC인 쿄코 씨에게 선물로 줄 슈크림을 산 다음, 계산을 마치고 [콤네스티 카페 양복점]을 나섰다.

"저랑 뮤우는 농부 NPC에게 [문 드롭 알뿌리]를 키우는 법을 물어보러 갈 건데, 마기 씨랑 나머지 분들은 어떻게 할 건가요?"

"딱히 일정도 없고, 재미있을 것 같으니까 같이 갈게."

"나도 식물을 실내에서 재배하고 있으니까 물어보러 가고 싶은데."

"농부, 야채……, 츄르릅……."

마기 씨와 다른 사람들도 따라올 모양이었다.

레티아에게는 방금 먹지 않았냐고 쓴웃음을 지으며 태클을 걸고, 다섯이서 함께 제1마을 남쪽에 있는 농부 NPC를 찾아갔다.

"새로운 식물을 손에 넣었는데, 키우는 법을 가르쳐줄 수 없을까?"

"이건, 흐음, 흐음. 그렇군……."

뮤우가 가지고 있던 [문 드롭 알뿌리]를 보여주자 내게서 알뿌리를 하나 받아든 농부 NPC가 고개를 연달아 끄덕였다.

"이건 서늘한 공기를 빨아들여서 자라나 꽃을 피우는 알뿌리다. 이 마을의 기후에서는 자라지 않을 텐데."

"어엇! 그럼 문 드롭을 키울 수 없다는 뜻이야?!"

뮤우가 큰 소리로 말하자 농부 NPC는 제1마을에서 재배하는 방법을 제대로 가르쳐 주었다.

"이 마을 기후에서는 자라지 않는다는 것뿐이다. 구체적으로 북쪽 고원보다 서늘한 환경으로 가지고 가거나, 지하실처럼 시원한 곳에 두거나, 환경 자체를 바꾸는 도구가 필요하겠지."

"다시 말해서 [한랭 환경]에서만 자라는 식물이라는 거군."

예전에 냉기 대미지가 업데이트되었을 때 OSO 전체의 기온이 내려갔었는데, 그런 느낌인 환경이라면 이 알뿌리도 키울 수 있는 것 같다.

"그렇다면 북쪽 마을에 땅을 사서 그곳에서 재배하거나, 아니면 [아트리엘]에 지하실을 만들어야 하는데……."

양쪽 다 돈이 많이 드는 데다 대량 재배에는 적합하지 않을 것이다.

"윤 군, [문 드롭]은 재배할 수 있을 것 같아?"

에밀리 양이 묻자 나는 곤란한 듯한 미소를 지으며 대답했다.

"우선, 재배 조건을 알았으니까 이것저것 시험해볼게."

"재배에 성공하면 가르쳐줘."

그렇게 농부 NPC로부터 [문 드롭] 재배 조건을 들은 다음, 마기 씨는 생산 소재를 사서 보충하러 노점으로, 에밀리 양은 내가 주문한 [피의 보주]를 만들기 위해서, 레티아는 자신의 길드 홈으로 돌아가기 위해 해산했다.

그리고 남은 뮤우는 나와 함께 [아트리엘]로 돌아왔다.

●

"자, [문드롭] 재배 방법을 찾아내야 하지만, 그 전에———."

[아트리엘]로 돌아온 나와 뮤우는 약초밭을 둘러볼 수 있는 우드덱 위에 있었다.

나는 약초밭을 관리하는 쿄코 씨와 나란히 서 있었고, 뮤우는 집을 보고 있던 뤼이와 자쿠로를 쓰다듬으며 약초밭을 바라보고 있었다.

"———오늘은 [재배] 센스 레벨을 올리기 위한 수확제를 할 거야~!"

"오~!"

뮤우가 신나게 주먹을 들어 올렸고, 쿄코 씨도 살짝 박수를 쳐주었다.

"그럼, 윤 언니, 힘내~."

신나게 들었던 주먹을 내린 뮤우는 손을 흔들며 응원해주었다.

수확을 도울 생각이 전혀 없는 모습에 나는 쓴웃음을 지었다.

"그럼, 쿄코 씨. 하나씩 확인하면서 수확할까."

"네, 열심히 하죠."

쿄코 씨의 도움을 받으며 [아트리엘]에서 재배하는 아이템을 수확해 나갔다.

내 [재배] 센스의 레벨을 올리려는 이유도 있지만, [소생약]의 조합에 사용할 소재 확보이기도 했다.

"그건 그렇고 종류가 정말 많이 늘었구나."

우선 제일 먼저 채집할 것은 HP 회복 효과가 있는 약초다.

포션의 소재인 약초와 하이 포션의 소재인 약령초, 메가포션의 소재인 약비초.

그 밖에도 MP 포션의 소재인 마령초와 MP 포트의 소재인 혼백초.

이 다섯 종류의 약초는 다양한 포션의 기초 재료이기 때문에 가장 수요가 많아서 [아트리엘]의 약초밭 중 4할 가까이가 이 약초밭이다.

"다음은 상태이상 계열 약초지. 씨앗을 제대로 다시 심어놔야 하는데."

색이 각각 다르고 자그마한 꽃을 피우는 상태이상 계열약초는 여덟 종류의 상태이상을 유발시키는 독초와 그 상태이상을 회복시켜주는 약초로 나뉘어 있다.

약초를 뽑은 다음, 거기서 얻은 씨앗을 원래 자리에 다시심고는 흙을 살짝 덮어주었다.

"상태이상 밸런스 패치도 됐고, 납품 퀘스트에도 필요하니까 상태이상 회복 계열 약초 비중을 조금 늘리는 게 나으려나?"

"그러실 거면 나중을 대비해서 남겨두었던 씨앗을 다음

수확 이후에 뿌리시죠. 어느 정도나 늘리실 건가요?"

"으음~. 지금의 1.5배면 되려나? 그만큼 독초 계열을 줄이고. 지금까지는 딱히 부족한 소재가 아니니까."

나는 쿄코 씨와 약초밭 재배 비중에 대해 이야기를 나누며 상태이상 계열 약초 수확을 마쳤다.

그다음에 수확할 곳은 커다란 나무———, [도등화] 나무 아래다.

『멍멍———.』

"오, 오늘은 [도등화] 나무에 빙의한 새끼 가름이 나왔구나."

자그마한 늑대 망령이 훌쩍 모습을 드러내 고개를 살짝 숙여서 인사했다. [도등화 묘목]을 손에 넣을 수 있는 레이드 퀘스트의 보스인 가름 팬텀과 비슷하게 보라색 기운이 돌고 있었다.

이 가름 팬텀과 비슷한 작은 늑대는 도등화 나무의 성장을 지켜보는 수호령 같은 NPC.

딱히 뭔가 아이템을 주거나 도와주는 건 아니고, 그저 나무 아래에 나타나서 플레이어에게 인사를 한 다음 안개처럼 녹아서 사라져버리기만 하는 NPC다.

작은 망령 늑대를 약간 훈훈하게 바라보면서 나무 주위에 떨어진 꽃잎을 주워 모았다.

나와 쿄코 씨는 수확한 약초를 넣어두기 위해 [아트리엘]의 우드덱으로 돌아왔다.

"있지, 윤 언니. 이 약초밭에는 아이템을 얼마나 재배하고 있어?"

"으응~? 어느 정도려나? 종류가 꽤 많단 말이지."

기본적으로 자주 쓰는 약초는 좀 전에 다녀온 약초밭을 중심으로 재배하는데, 그 밖에도 다양한 약초를 키우고 있다.

사용할 기회는 별로 없지만, 옐로 포션의 소재로 쓰는 [활력수 열매]와 [카르코코 열매].

벌레 계열 MOB이 다가오지 못하게 하는 효과가 있는 [제충향]의 소재가 되는 [제충국].

변화 계열 포션과 마법약 소재가 되는 [뮤렐의 변화초].

뿌리는 핫 드링크, 잎은 쿨 드링크의 재료가 되는 [박하].

마법약의 기본적인 소재로 사용하는 경우가 많은 [마하초].

그늘이 지는 때가 많은 [아트리엘] 북쪽에는 [제충향]을 만드는데 필요한 다른 소재인 [이끼 향목 수피]가 자라는 통나무를 가져다 두고 정기적으로 번식한 이끼를 떼어내고 있다.

[이끼 향목 수피]는 쪄서 목랍을 얻을 수도 있다.

그 밖에도 작년에 캠프 이벤트에서 손에 넣은 [메이킹 박스]를 통해 손에 넣은 희귀하면서도 사용 용도가 별로 없는 약초 같은 것도 약간이나마 재배하고 있다.

"호오~, 꽤 많이 키우는구나."

"뭐, 쓸 기회가 별로 없는 약초는 규모가 작은 밭에서 적당히 키우고 있어."

[조합]에 쓸 소재를 수확하며 뮤우에게 설명해 나갔다.

[아트리엘]의 약초밭 안쪽에 있는 과수원으로 가자 뮤우가 뒤를 따라왔다.

"윤 언니의 과수원에는 종류가 꽤 다양한 과일이 있지? 몇 개 가져가도 돼?"

"[문 드롭 알뿌리]를 발견해줬으니까, 마음대로 먹어도 돼."

"네~. 그럼 나랑 루카네 몫까지 좀 챙겨갈게."

기운차게 대답한 뮤우는 자신이 먹을 맛있는 과일을 고르기 위해 과수원 수확을 도와주었다.

첫 번째 과일은 붉은 포도와 비슷하게 생긴 식물인 [한산 포도]와 하얀 포도와 비슷하게 생긴 [벽백 포도], 그리고 벽백 포도 중에서도 희석된 [균류 영양제]를 분무기로 뿌려서 변화를 촉진 시키고 있는 [휘부 포도]를 가위로 따나갔다.

"우왓, 이게 뭐야! 축 처진 데다 이상하게 빛나는데, 이거 먹어도 괜찮은 거야?"

"그건 못 먹어. 적 MOB을 끌어들이는 [유인향] 재료로 쓰는 거라고."

"호오, 이게 [유인향] 재료구나."

송이에 잔뜩 맺힌 포도에 대해 설명하자 뮤우가 약간 흥미를 보였다.

포도나무에서 채집을 마친 뒤에는 사과와 비슷하게 생긴 [산악 사과], 매실과 비슷하게 생긴 [시유 열매], 살구와 비슷하게 생긴 [투 열매]를 땄다. 다음으로는 딱딱한 씨를 짜면 질이 좋은 기름을 얻을 수 있는 골프공 크기의 [이동백]

을 주워 담기 시작했다.

"윤 언니의 과일은 윤기가 있어서 정말 맛있을 것 같네."

"그야 이것저것 연구를 했으니까."

뮤우가 칭찬해준 과수원 나무에는 [아트리엘] 뒤쪽에서 부엽토와 비룡의 똥, 물고기의 건조 분말 등을 섞어서 만든 비료를 주고, 정기적으로 [식물 영양제]도 뿌리고 있다.

그 밖에도 자잘한 연구를 거듭한 결과, 과수원의 과일 채집량과 품질이 향상되었고, '질이 좋은' 과일을 채집할 수 있게 되었으며, 가끔 그보다 더 품질이 좋은 과일을 채집하는 경우도 생겼다.

수확한 과일 중에서 뮤우가 제일 괜찮아 보이는 것을 골라 자기 것으로 챙기는 모습을 보고 쓴웃음을 지었다.

"뮤우는 정말 괜찮은 것만 고르는구나."

"루카네도 맛있는 걸 먹어줬으면 하니까! 그런데 바로 하나 맛을 봐도 될까?"

"그래, 상관없어."

내가 그렇게 말하자 뮤우가 [산악 사과]를 곧바로 베어 물었다.

"으음~! 달고 신선하고 맛있어."

"[식물 영양제]나 비료 같은 걸 뿌리는 수고를 들였으니까."

나는 그렇게 말하며 희귀한 과일나무가 늘어서 있는 곳으로 다가갔다.

"오옷, 윤 언니! 저거 [왕화앵]이지! 예쁘다!"

오늘은 [왕화앵]이 활짝 피는 날이라 버찌와 비슷하게 생긴 [왕화앵도]는 열리지 않았지만, 눈이 호강할 수는 있다.

그 옆에는 [셰이드 결정수]가 심어져 있다.

수피는 섬유로, 수액은 경화 수지로 쓸 수 있지만, [아트리엘]에서는 주로 채집한 잎을 끓여서 은밀성을 높여주는 [셰이드 진한 녹색 염료]를 만들 때 쓴다.

화살에 바르면 공격을 들키지 않게 되고, 베이스 크림과 합쳐서 섞으면 암시 효과를 부여해주는 [나이트비전 크림]을 만들 수 있다.

"앗, 이거 [산악 사과] 나무야?"

"땡. 그건 [다아트 나무]야. 그리고 그 옆에 있는 무화과와 비슷한 과일이 열린 게 [세피라 나무]고."

양쪽 다 지하 계곡 육상 경기 스테이지의 숨겨진 방에서 손에 넣은 과일을 [연금] 센스의 《하위 변환》 스킬을 통해 씨앗으로 바꾸어서 키운 과일나무다.

"이렇게 보니까 엄청나게 많은 식물을 키우고 있는 것 같은데, 윤 언니, 재배도 제대로 하고 있는 거야?"

"그건 뭐, 쿄코 씨 덕분이려나?"

그렇게 말하며 과일을 수확하고 있던 쿄코 씨를 돌아보자 애교 있는 미소를 보여주었다.

최근에는 일을 너무 많이 시키는 것 같아서 NPC를 한 명 정도 더 고용하거나 도우미용 합성 MOB 또는 기계장치 마도 인형을 [아트리엘]에 도입할까 검토 중이다.

"윤 언니, 이게 끝이야?"

"아니, 온실 유리 하우스 쪽에서도 제1마을의 환경에서는 자라지 않는 식물을 키우고 있거든."

"이곳 환경에서는 자라지 않는 식물?"

처음에는 냉기 대미지 업데이트 때 제1마을도 한랭 환경이 되었기에 그 환경에서 제대로 자라지 않는 약초를 키우기 위해 [인스턴트 하우스]로 만든 온실.

하지만 그 한랭 환경도 끝나서 플랜터와 화분에 꽃을 심었다가, 지금은 또 모습이 많이 바뀐 상황이다.

"뮤우, 이쪽이야."

나는 왔던 길을 돌아가서 [아트리엘]에 딸린 온실 유리 하우스로 뮤우를 안내해 주었다.

"와아, 윤 언니, 이게 뭐야?!"

"온실이니까 정원 같은 구획 이외에도 남쪽 외딴섬 에리어의 식물도 여기서 키우고 있거든."

즐기기 위한 관상용 꽃 말고도 큼직한 화분에 알로에와 비슷하게 생긴 다육 식물인 [아레나]나 부채선인장과 비슷하게 생긴 식용 식물인 [채인장]을 키우고 있다.

그 밖에도 온실 한편에는 남국 과일과 비슷하게 생긴 식물을 재배하고 있고, 마침 파인애플, 망고와 비슷하게 생긴 과일을 수확할 시기였다.

"이것도 나중에 먹을까."

"정말로?! 앗싸……, 앗, 그래도 루카네 몫은 없지?"

그 두 가지 과일은 아직 나무가 작기 때문에 수확량이 많지 않다는 걸 걱정하는 뮤우의 머리를 쓰다듬어주었다.

"예전에 딴 거라도 괜찮다면 나중에 줄게."

"정말로?! 윤 언니, 정말 좋아!"

"그래, 그래."

안쪽으로 나아가자 관상용 꽃을 재배하고 있는 곳과 차를 마실 때 쓰는 테이블, 의자가 있었다.

사람 눈에 잘 띄지 않는 안쪽에는 그늘을 만들어서 어떤 것을 두었다.

"음, 이번에도 잔뜩 생겨났네."

"오오, 버섯이 잔뜩 있네."

고온다습한 온실 유리 하우스 안에 직사광선이 닿지 않는 곳을 만들어서 버섯 재배용 통나무 아이템 [펑거스 로그]를 늘어놓았다.

[펑거스 로그]는 펑거스 점보라는 MOB이 드롭하는 아이템으로, 버섯 같은 균사 계열 아이템의 포자를 심어서 재배할 수 있는 아이템이다.

지금 늘어놓은 [펑거스 로그]에는 식재료 아이템인 버섯 말고도 조합의 회복 효과를 상승시켜주는 [치유 버섯]과 [매지컬 머시]를 재배해서 꾸준히 수확하고 있다.

"[치유 버섯]은 회복 효과를 높여준다는 이야기를 듣긴 했는데, 포션에 쓰는 거야?"

"굳이 말하자면 [귀인의 환약] 같은 환약 계열 회복 아이템에 쓰는 경우가 많지. 말려서 가루 형태로 만든 걸 환약에 섞는 거야."

"호오, 그랬구나."

그런 이야기를 나누면서 [아트리엘]의 수확을 마친 나는 센스 스테이터스를 확인했다.

소지 SP 48
[마궁 Lv38] [하늘의 눈 Lv42] [간파 Lv48] [강력 Lv14]
[준족 Lv40] [마도 Lv45] [대지속성 재능 Lv31]
[부가술사 Lv20] [조약사 Lv34] [연성 Lv18] [조교사 Lv11]
[요리인 Lv24]

대기
[활 Lv55] [장궁 Lv45] [장식사 Lv13] [수영 Lv25]
[언어학 Lv28] [등산 Lv21] [생산직의 소양 Lv38]
[신체내성 Lv5] [정신내성 Lv15] [염동 Lv20]
[급소의 소양 Lv16] [선제의 소양 Lv18] [잠복 Lv10]
[낚시 Lv10] [재배 Lv10] [열기 내성 Lv1] [한기 내성 Lv1]

저번에 확인했을 때와 비교해서 센스가 거의 성장하지 않았지만, 대기 상태로 두어도 경험치가 들어오는 [재배] 센

스는 이번 약초밭의 수확제로 인해 레벨이 10으로 올라가 있었다.

"[재배] 센스의 레벨이 10으로 올랐네."

"해냈구나! 뭔가 새로운 스킬이 생긴 거야?"

"그건 아닌 것 같은데. 그래도 레벨이 오르면 키우는 약초 등의 품질이나 수확량이 늘어나는 것 같으니까 기대되네."

나는 뮤우, 쿄코 씨와 함께 채집한 과일과 버섯을 [아트리 엘]로 옮겼고, 뮤우에게 방금 딴 과일을 대접하며 [문 드롭 알뿌리]를 키울 방법을 모색하기 시작했다.

●

"어떻게 [문 드롭]을 키울 수 있는 적정 온도로 낮추지……."

[아트리엘]의 수확제를 마친 나는 우드덱에 마련해둔 흙과 비료를 담은 화분 앞에서 팔짱을 낀 채 고민하고 있었다.

"여기요, 뮤우 양. 차하고 잘라 온 과일이에요."

"고마워, 쿄코 씨!"

그런 한편, 뮤우는 방금 따서 쿄코 씨가 잘라준 과일을 차와 함께 먹으며 숨을 돌리고 있었다.

『………….』

『뀨우뀨우~.』

"뤼이하고 자쿠로도 먹고 싶어? 그럼 같이 먹을까!"

뮤우가 내민 사과를 한입에 먹은 뤼이와 양쪽 앞다리로

잡고 조금씩 먹는 자쿠로를 보니 기분이 훈훈해졌다.

"얻어먹어서 좋겠네."

껍질을 깐 [산악 사과]를 아삭아삭 소리를 내며 먹은 둘은 뮤우에게서 [한산 포도]를 하나씩 받아먹었다.

"뮤우에게 간식을 받아먹었으니까 선물로 사 온 슈크림은 내일 먹자."

내가 조용히 중얼거리자 뤼이와 자쿠로가 재빨리 돌아보았다.

내게 기대며 머리를 비벼댔지만 쓴웃음을 지으며 나무랐다.

"안 돼. 과식은 금물이니까. 내일 먹자."

『뀨우~.』

살짝 혼난 뤼이는 꼬리를 약간 늘어뜨렸고, 자쿠로도 귀와 꼬리 세 개가 힘없이 축 처졌다.

"풀 죽은 뤼이하고 자쿠로도 귀엽네! 자자, 오늘은 과일을 먹자!"

뮤우는 그런 뤼이와 자쿠로에게 방금 따온 과일을 내밀었다.

토라진 듯이 약간 고개를 돌린 뤼이와 풀 죽어 있다가 곧바로 달콤한 과일을 정신없이 먹기 시작한 자쿠로. 그 귀여운 모습에 뮤우는 감격한 모양이었다.

"아~, 뤼이랑 자쿠로가 나를 잘 따라주네. 1년 전에는 차갑게 굴기만 했는데, 요즘에는 좋아해주게 됐어."

매번 달려드는 뮤우를 보고 이제 슬슬 포기하기 시작한 것 아닐까.

그런 뮤우와 뤼이, 자쿠로의 모습을 훈훈하게 바라보며 다시 [문 드롭] 재배 환경을 갖출 방법에 대해 생각했다.

"온도를 낮춘다……, 지하실에서 키운다 해도 빛은 필요할 것 같은데. 그리고 북쪽 마을의 강설 에리어에서 성장한 문 드롭을 채집할 수 없다는 것도 감안하면 너무 차가운 것도 안 될지도 모르겠어."

그런 것들을 고려하면 재배 환경의 온도는 제1마을보다 낮은 15도 정도가 적당할 것이다.

"간단히 온도를 맞출 방법은 뭐, 마법약이려나."

나는 [마하초]와 수속성 계열 MOB 소재를 섞은 용액을 EX(엑스트라) 스킬인 [마력 부여]로 변화시킨 마법약, [빙결액]을 준비했다.

이 마법약은 적 MOB에게 던져서 대미지를 입히거나, 무기에 바르면 일시적으로 속성 효과를 부여할 수가 있다.

"우선 뿌리는 물에 섞어볼까……."

물뿌리개의 물에 [빙결액]을 약간 섞자, 얼어붙기 시작해 버렸다.

"아~, 안 되겠네. 이래선 물을 줄 수가 없잖아."

한동안 내버려 두자 물뿌리개에 담긴 물이 녹기 시작했기에 다른 방법을 모색했다.

"그렇다면 다음에는 금속 막대기에 [빙결액]을 발라볼까."

[빙결액]으로 적신 천으로 금속 막대기를 닦자 금속 막대기에 수속성이 부여되어서 냉기를 뿜어내기 시작했다.

이걸 옆에 몇 개 세워두면 화분 주위의 온도를 내릴 수 있을 것 같아서 관찰했지만 10분 정도 만에 [빙결액]의 효과가 사라져버렸다.

"아~, 안 되겠네. 지속성도 없고. 그리고 물뿌리개에 섞은 물도 거의 비슷한 시간 만에 녹았고……."

빙결 효과를 부여하는 마법약이긴 해도, 냉기가 근처에 약간 남기만 할 뿐 공기를 식히는 데는 별로 적합하지 않은 것 같았다.

"있지, 윤 언니. 냄비하고 마법약을 하나만 빌려줄래?"

"응? 상관없긴 한데, 어디다 쓰려고?"

옷 끄트머리를 살짝 잡아당긴 뮤우를 돌아보고 손 근처에 있던 [빙결약] 하나와 요리에 쓰는 냄비를 건넸다.

"음, 이걸 이렇게 해서……, 좋아, 간다!"

뮤우는 냄비에 물을 채운 다음 그 안에 좀 전에 수확해온 과일을 넣고, 마지막으로 냄비 가장자리에 [빙결약]을 흘려 넣기 시작했다.

냄비에 담긴 물이 서서히 얼어붙으며 물에 잠긴 과일이 얼음에 갇히기 시작했다.

"이제 조금만 기다리면 꽁꽁 얼린 과일을 먹을 수 있어. 루카네랑 같이 먹을 때를 대비해서 차갑게 해두려고 하거든."

나는 그 [빙결약]의 사용 방식에 감탄했다.

인벤토리에 넣어두면 음식의 상태도 뜨겁거나 차가운 채로 보존할 수 있다.

"용케 그런 생각을 했네. 그리고 10분 정도 만에 빙결 효과가 사라질 테니까 꺼낼 때도 편하겠어."

"에헤헤, 실은 플레이어의 노점 중에 [빙결약]을 끼얹어서 과일 셔벗을 만드는 가게가 있길래 흉내 내본 거야."

나를 돌아본 뮤우가 장난기 어린 미소를 지으며 설명해 주었다.

그러는 한편, 얼어붙은 냄비에 흥미를 보이던 자쿠로가 앞다리로 냄비 측면을 만지고는 차가웠는지 놀라서 앞다리를 움츠렸다.

"윤 언니. 문 드롭을 재배할 방법이 안 나오는 것 같은데, 까다로운 거야?"

"그렇단 말이지. 문제는 지속성인데."

10분마다 [빙결약]을 쓰는 상황이면 너무나도 비효율적이다.

그럴 바엔 차라리 목수 NPC에게 부탁해서 [아트리옐]에 지하실을 만들어달라고 하는 게 나을지도 모르겠는데——.

"좋은 방법이 없을까……."

"있다면 윤 언니가 고민하지 않아도 될 텐데 말이지."

뮤우가 그렇게 말하며 나란히 옆에 앉았다.

수확하고 난 약초밭에는 쿄코 씨와 도우미로 마련해둔 합성 MOB인 젤들이 일하고 있었다.

수속성인 아쿠아 젤이 물을 주고, 토속성인 어스 젤이 비료 창고의 비료를 삼킨 다음 각 약초밭에 토해내는 중이었다.

화속성인 히트 젤은 유리 하우스 가운데에서 느긋하게 지내며 온실의 기온이 너무 내려가지 않게끔 열을 뿜어냈다.

그때, 정신이 번쩍 들었다.

"그래! 딱히 포션으로 재배 환경을 갖출 필요는 없지! 전용 합성 MOB을 새로 만들면 되잖아!"

"오, 윤 언니, 뭔가 깨달았구나."

"그래, 이 방법이라면 할 수 있을지도 몰라!"

나는 곧바로 합성 마법진이 있는 [아트리엘]의 공방으로 가서 합성 MOB을 소환할 때 쓰는 핵석을 만들기 시작했다.

"추운 시기에 히트 젤을 끌어안고 있는 거하고 마찬가지지. 반대로 차가운 합성 MOB을 만들면 되잖아!"

아쿠아 젤은 젤의 핵석을 기본으로 삼고 수속성 소재를 더해 합성했다.

수속성 소재를 더 많이 넣으면 분명히 상위인 빙속성 젤이 되지 않을까 하는 생각이 들었다.

"──《합성》! 그리고 《소환》!"

새롭게 만들어낸 [아이스 젤의 핵석]을 통해 합성 MOB을 소환하자 약간 하얘진 차가운 젤이 나타났다.

"이거면……, 차가워! 이래선 안 되겠네. ──《송환》!"

아이스 젤은 너무 차가워서 그냥 있기만 해도 주위의 온도를 너무 낮춰버렸다.

일단 핵석으로 되돌린 다음, 거기에 풍속성 소재를 추가해서 다시 합성했다.

풍속성인 윈드 젤이 바람을 토해내며 공기의 대류를 일으켰다.

냉기와 대류 능력이 필요하다고 생각하며 거듭 합성한 결과———, [쿨러 젤의 핵석 Lv6]이 완성되었다.

"성공이야. 공기가 시원하네……."

더운 남쪽 외딴섬 에리어에 갈 때 데리고 가고 싶을 정도로 시원한 공기를 토해내 주었다.

합성을 반복한 덕에 핵석의 레벨도 올라서, 플레이어의 명령을 꼼꼼하게 실행할 수 있게 되었다.

"이제 [문 드롭]을 키울 화분에서 온도가 빠져나가지 못하게 하는 방법인데."

방 하나를 통째로 쿨러 젤로 채워서 식히는 방법도 있긴하지만, 너무 거창하다.

좀 더 깔끔하고 햇빛을 차단하지 않으면서 시원한 환경을 마련할 방법을 생각하며 쿨러 젤을 끌어안은 채 가게 쪽으로 돌아와 보니 뮤우가 기다리고 있었다.

"윤 언니, 어서 와. 그게 해결책이야?"

"그래, 아직 조금 남았지만 말이지."

나는 그렇게 대답하며 냉기를 차단할 방법에 대해 생각했다.

뮤우는 흥미로운 듯이 쿨러 젤을 향해 손을 내밀고는 쿨러 젤이 토해내는 시원한 공기를 즐기고 있었다.

뤼이와 자쿠로는 물베개 대신 끌어안고 있을 수 있는 아쿠아 젤과는 달리 서늘한 공기를 뿜어내는 쿨러 젤과의 거리감을 잡지 못해 당황했다.

그런 뮤우와 뤼이, 자쿠로의 모습을 훈훈하게 바라본 다음, [아트리엘]의 가게에 놓인 액세서리 쇼케이스를 보았다.

"그렇지. 쇼케이스 안에 쿨러 젤을 넣고 그 안에 화분을 놓으면 햇빛을 가리지 않고 냉기를 유지할 수 있겠구나."

[아트리엘]에 있는 액세서리 쇼케이스보다 더 큰 쇼케이스를 준비하면 [문 드롭]을 재배할 환경을 재현할 수 있을 것 같다.

"그럼 그 쇼케이스를 사러 갈 거야?"

"그래, 플랜터나 화분, 비료 같은 재배 관련 아이템을 파는 NPC가 있으니까 거기로 사러 갈 거야."

가는 김에 [아트리엘]에서 수확한 약초 같은 소재를 가지고 가서 납품 퀘스트를 진행할 생각이다.

"나도 같이 갈래! 왠지 재미있을 것 같아!"

"그래? 그럼 같이 갈까. 쿄코 씨, 가게 잘 좀 봐줘."

"네. 다녀오세요."

나는 쿄코 씨에게 [아트리엘]을 맡긴 다음, 다시 뮤우와 함께 길을 나섰다.

가는 김에 [아트리엘]에서 채집한 약초 납품 퀘스트를 받아 동 칩 10개를 손에 넣었다.

조합해야 하는 포션과는 달리 소재를 있는 그대로 납품한 거라 그런지 퀘스트 칩의 입수량이 작아서 쓴웃음이 나왔다. 한편 나를 따라온 뮤우도 가지고 있던 소재 계열 아이템으로 달성할 수 있는 납품 퀘스트를 받아보니———.

"그쪽 아가씨는 소재를 정말 많이 가져왔군. 자, 여기 보수야."

"봐, 봐, 윤 언니! 은 칩 3개에 동 칩을 37개나 받았어!"

"뮤우는 역시 강한 적 MOB을 쓰러뜨려서 그렇겠지."

은 칩을 받을 수 있는 납품 퀘스트는 비교적 강한 적 MOB이 드롭하는 소재 아이템을 모을 필요가 있지만, 일반적인 채집 소재의 납품 퀘스트에 비하면 짭짤하다.

"자, 이제 [문 드롭]을 재배할 쇼케이스를 사러 갈까."

"네에~!"

재배 계열 아이템을 판매하는 NPC의 가게는 뮤우가 평소에 다니지 않는 골목에 있기 때문에 뮤우는 신기하다는 듯이 주위를 둘러보고 있었다.

"그러고 보니까, 윤 언니는 [개인 필드 소유권]을 가지고 싶다고 하던데, 퀘스트 칩이 얼마나 필요해?"

나란히 걸어가던 뮤우가 그런 이야기를 꺼냈기에 나는 내 메뉴에 뜬 퀘스트 칩 개수를 세어보았다.

"음⋯⋯, 금 칩 1개, 은 칩 14개, 동 칩 123개네."

각 칩은 다른 칩으로 바꿀 수 있기에 은 칩으로 환산하면 30개 정도다.

"그렇구나. 때를 봐서 퀘스트 칩을 바짝 모아야겠네."

"업데이트 내용 쪽을 우선시하고 있으니까. 혹시나 미처 다 모으지 못하더라도 퀘스트 칩은 다음 이벤트에도 쓸 수 있으니까 느긋하게 하려고. 자, 여기가 아까 말했던 NPC의 가게야."

나와 뮤우는 NPC의 가게에 도착해서 식물용 쇼케이스를 찾아보았다.

내가 산 것은 인테리어로도 쓸 수 있고, 옆으로 길며 다리가 달린 것이었다.

2단이라 하단 쇼케이스에는 쿨러 젤을 넣고 상단에 [문 드롭 알뿌리]를 심은 화분을 넣을 예정이다.

그 쇼케이스를 [아트리엘]로 가지고 와서 뮤우와 함께 배치에 대해 생각하다가 실제로 문 드롭 화분과 쿨러 젤을 넣어보았다.

"윤 언니, 이제 잘 자랄까?"

"일단 쇼케이스 내부의 온도는 쿨러 젤 덕분에 15도 정도로 유지되고 있으니까 잠시 상황을 봐야겠지."

그리고 로그아웃한 우리가 다음 날에 쇼케이스를 보자 새어 나온 냉기에 이끌린 뤼이와 자쿠로가 몸을 식히고 있는 모습을 볼 수 있었고, 사흘 뒤에는 [문 드롭] 화분에서 식물 싹이 나 있었다.

무사히 싹이 터서 자랐다는 걸 알리기 위해 뮤우에게 [문 드롭] 화분 스크린샷을 보내자, 뮤우는 루카토 일행과 함께

[아트리엘]에서 딴 과일을 먹는 스크린샷을 보내주었다.

"정말 맛있게 먹네. 쿄코 씨, 좀 봐봐."

"와아, 맛있게 드셔주시네요. 키운 보람이 있어요."

나는 쿄코 씨에게 그 스크린샷을 보여주었다. 정성껏 키운 과일을 다른 사람들이 맛있게 먹자 그녀는 기뻐했고, 나는 그 모습을 훈훈하게 바라보았다.

3장   보너스 퀘스트와 괴도단

"있지, 오빠. 퀘스트 칩 모으기 딱 좋은 곳을 발견했는데, 다 같이 가지 않을래?"

업데이트 내용을 우선시하고 있어서 퀘스트 칩 수집 속도가 느리다는 사실을 말해서 그런지 아침 식사를 하던 와중에 미우가 그런 이야기를 꺼냈다.

나는 먹던 토스트를 삼킨 다음에 대답했다.

"퀘스트 칩을 빠르게 모을 수 있다면 좋긴 한데, 그렇게 형편 좋은 곳이 있어? 혹시 어려운 레이드 보스 같은 거야?"

"아니야! 퀘스트 칩을 효율 좋게 모을 수 있긴 한데, 다른 아이템이나 돈을 얻을 수 없는 곳이야! 시즈카 언니나 루카네에게도 같이 가자고 했어!"

참가에 대해 잠깐 생각했지만 시즈 누나 같은 사람들도 같이 간다면 즐거울 것 같았다.

"알겠어. 뭐, 미우가 효율이 좋다고 할 정도니까 시험해 보는 것도 괜찮겠지."

"그럼 오후 2시에 [미궁거리]에서 집합이야!"

미우는 그렇게 말한 다음 자기 방으로 돌아갔다.

아침부터 OSO에 로그인하려나 생각하고 있자니 돌아온 미우가 거실에서 여름방학 숙제를 하기 시작했다.

나는 미우의 의기양양한 미소에 쓴웃음을 짓고, 집안일을 끝낸 뒤 미우와 함께 공부를 했다.

　오전은 그렇게 지나갔다. OSO에 로그인한 건 미우와 점심 식사를 하고 나서 잠깐 쉰 뒤였다.

　OSO에 로그인한 나는 뮤우가 말한 대로 [아트리엘]의 [미니 포탈]을 통해 [미궁거리]로 전이했다.

　"윤 언니, 기다리고 있었어～."

　"윤 씨, 안녕하세요. 그리고 과일을 나눠주셔서 감사합니다."

　내가 만나기로 한 곳인 [미궁거리]의 포탈에 도착하자 루카토가 저번 수확제 때 뮤우에게 줬던 과일에 대해 고맙다는 인사를 했다.

　집합 장소에 모인 사람은———, 뮤우, 루카토, 히노, 토우토비, 코하쿠, 리레이, 이렇게 뮤우 파티 여섯 명에 마기 씨와 세이 누나, 미카즈치.

　그리고 마지막으로 도착한 나를 포함한 열 명인 모양이었다.

　"윤 군, 오늘은 잘 부탁해."

　"마기 씨도 뮤우가 불러서 오셨나요?"

　"맞아. [생산 길드]의 확장을 위해서 퀘스트 칩이 필요하니까."

　그렇게 말하며 방긋 웃은 마기 씨에 이어 세이 누나 일행도 말을 걸었다.

"윤, 오늘은 열심히 퀘스트 칩을 모으자."

"세이 누나랑 미카즈치는 이제 모을 필요 없지 않아? 이미 [길드 에리어]하고 교환했잖아."

금 칩이 필요한 길드 에리어를 완성시킨 세이 누나하고 미카즈치가 굳이 참가할 필요는 없을 것 같은데……

"실은, [길드 에리어]를 만드느라 길드의 운영자금이 많이 줄어버렸거든. 그러니까 그것도 보충할 겸, 오늘은 세이와 함께 참가한 거야."

미카즈치는 신이 나서 큰일이라며 설명했고, 세이 누나도 곤란하다는 듯이 미소를 짓고 있었다.

이번 퀘스트 칩을 모으는 과정에서는 아이템이나 돈을 얻을 수 없지만, 퀘스트 칩을 교환해서 간접적으로 돈을 얻을 수 있기에 참가한 것 같았다.

"모두 모였으니까 가볼까!"

멤버가 다 모이자 기운차게 나아간 뮤우가 향한 곳은 [스타 게이트] 건물이었다.

그리고 뮤우는 빈 스타 게이트에 [금], [거리], [추적], [잠복], [시간] 심볼을 순서대로 끼워 넣어 에리어를 생성했다.

"그럼, 간다!"

"자, 윤 군도 가자."

뮤우는 루카토 일행과 함께 [스타 게이트] 고리 안으로 들어갔고, 나는 잠시 후에 마기 씨, 세이 누나 일행과 함께 들어갔다.

들어가 보니 활기찬 거리가 펼쳐져 있었다.

"뮤우, 혹시 여기가 효율 좋게 모을 수 있는 곳이야?"

나는 펼쳐진 거리를 둘러보며 뮤우에게 물었다.

원형 광장 중심에 [스타 게이트]가 놓여 있었고, 그 주위에는 방사형 큰길을 둘러싸는 듯 늘어선 건물들. 멀리에는 성벽이 보였다.

"응, 맞아. 슬슬 이 에리어의 NPC가 설명해줄 거야."

기다리고 있자니 우리 곁에 기사 차림새인 NPC가 나타났다.

『환영합니다. 이곳에서는 현재 괴도단으로 인해 희귀한 화폐를 대량으로 도난당해버렸습니다. 부디 그것들을 되찾아주셨으면 합니다.』

"희귀한 화폐?"

"퀘스트 칩 얘기야. 뭐, 되찾는다고 해도 플레이어가 가져가 버리지만 말이지."

"어⋯⋯."

그래도 괜찮은 건가? 우리는 그렇게 생각하며 기사 NPC의 설명을 마저 들었다.

『괴도단 [런 & 하이드]에는 구성원이 두 종류 존재합니다. 한 종류는 붉은 가면을 쓴 괴도인 런입니다. 그 녀석들은 훔친 화폐가 담긴 자루를 메고 거리 안을 도망쳐 다니고 있습니다. 특징은 공격을 맞추면 자루에서 화폐를 떨어뜨리는 것입니다. 단, 화폐를 떨어뜨리면 떨어뜨릴수록 자루가 가벼워져서 움직임이 빨라집니다.』

그렇게 설명을 듣는 동안 시야 구석에 이 에리어에 먼저
와 있던 플레이어가 도망쳐 다니는 붉은 가면을 쓴 괴도를
쫓아다니는 모습이 보였다.

붉은 괴도가 긴 팔다리를 재빠르게 움직이며 도망쳐 다니
고 있어서 왠지 우스꽝스러운 느낌이 들었다.

『그리고 다른 한 종류는 푸른 가면을 쓴 괴도인 하이드입
니다. 녀석들은 훔친 화폐를 숨기고 있고, 이곳의 주민으로
변장해서 숨어다니고 있습니다. 희귀한 화폐를 숨기고 있
는 하이드일수록 숨은 곳이 교묘해지니 주의해서 찾아주십
시오. 녀석들을 찾아내는 건 힘들겠지만, 여러분께 희귀한
화폐에 반응을 보이는 [비컨]을 드리겠습니다.』

받은 것은 퀘스트 전용 아이템인 듯했다.

손바닥 안에 들어올 정도 크기의 도구에 결정이 박혀 있
었고, 그 결정이 빨갛게 깜빡였다.

가죽 끈이 달려 있었기에 목이나 벨트에 차면 걸리적거리
지 않을 것 같았다.

『그 [비컨]은 희귀한 화폐가 가까운 곳에 있으면 소리를
내며 깜빡입니다. 그것을 이용해서 괴도들이 있는 곳을 찾
아주세요.』

"그렇구나, 비컨의 반응을 보고 찾으면 되는 거네."

마기 씨가 그 퀘스트 전용 아이템을 흥미롭게 바라보고
있자니 기사 NPC가 주의사항에 대해 덧붙여 말했다.

『희귀한 화폐에 반응을 보이기 때문에 거리를 도망쳐 다니는 붉은 괴도들에게도 반응을 보입니다. 부디 착각하지 마시기 바랍니다. 그리고 괴도단의 추적은 이 광장을 나선 뒤 1시간 동안 해주시면 됩니다. 괴도가 아닌 사람을 실수로 공격하면 페널티가 발생하니 주의해주세요.』

그렇게 설명을 들은 우리는 뮤우의 보충 설명까지 받았다.

"방금 설명을 들은 대로, 이곳은 1시간 이내에 도망치거나 숨는 괴도 NPC를 찾아내서 퀘스트 칩을 빼앗는 에리어야. 원래 돈벌이용 에리어 같은데, 이벤트 기간 중에는 퀘스트 칩으로 바뀌는 모양이고."

퀘스트 칩만 모으고 싶을 경우에는 효율이 좋고, 돈이 필요하다면 퀘스트 칩을 돈으로 교환하면 되지. 뮤우가 으스대며 그렇게 설명했다.

재주 좋게 괴도단을 쫓아다닐 수 있는 플레이어에게는 효율이 좋겠지만, 익숙하지 않은 플레이어라면 오히려 수고만 들고 효율이 떨어질 것 같다는 생각도 들었다.

"호오, OSO에 이런 곳이 생겼구나. 미처 몰랐어. 마기는 알고 있었니?"

"처음 알았어요. 마을 하나를 무대로 삼고 NPC 상대로 벌이는 술래잡기, 숨바꼭질이네요."

이 에리어 하나를 통째로 써서 벌이는 술래잡기, 숨바꼭질에 감탄한 세이 누나와 마기 씨.

뮤우 파티 모두는 미리 알고 있었는지 어떻게 찾을 것인

가에 대해 의논하기 시작하고 있었다.

"괴도단 추적은 흩어져서 시작해볼까! 다들 준비됐어?"

뮤우가 그렇게 말하자 우리는 각자 무기를 들었다.

"그럼, 1시간 뒤에 여기에 집합이야! ———준비~, 땅!"

뮤우의 신호와 함께 다들 시작 지점인 원형 광장에서 뻗은 큰길로 제각각 뛰어가기 시작했다.

나는 목에 건 비컨의 반응을 보며 마을을 둘러보다 어떤 방향을 향했다.

문득 정신을 차리고 보니 내 옆에서 마기 씨가 나란히 뛰어가고 있었다.

"어라?! 마기 씨! 왜 저랑 같은 방향으로 가시는 건데요?!"

"정신없이 괴도를 쫓아가기만 하면 힘드니까. 아마 윤 군하고 똑같은 생각을 한 거 아닐까?"

그렇게 말한 마기 씨는 어깨에 걸친 라이플을 살짝 두드리며 뭘 하려는 건지 넌지시 가르쳐 주었다.

"역시 마기 씨도 높은 곳에서 마을을 파악하실 생각이었군요."

"정답! 그러다가 사정거리 안에 괴도 NPC가 있으면 이 라이플로 저격할 수 있지 않을까? 그런 생각이지."

그렇게 대답한 마기 씨가 씨익 웃고는 우리 앞쪽에 있던 교회의 종탑을 손가락으로 가리켰다.

"저기라면 스코프와 라이플 사정거리로 마을의 10분의 1은 커버할 수 있을 테니까 잠복에 전념할 생각이야."

"저는 [하늘의 눈]으로 마을을 파악하면서 괴도를 저격한 다음에 30분 정도 남았을 때쯤 건물의 사각처럼 수상한 곳을 찾아볼 생각이에요."

"그럼 그때까지는 협력하자."

"네!"

나는 마기 씨와 함께 문이 열려 있는 교회에 도착한 다음, 종탑의 나선 계단을 뛰어 올라가기 시작했다.

그리고 종탑을 뛰어 올라가 보니―――.

"앗, 마기 씨. 이 앞에서 비컨이 반응을 보이고 있는데요."

"그거, 혹시……."

중간부터 발소리를 죽이고 조용히 올라가자 종탑에 숨으려는 듯이 몸을 웅크리고 있는 소녀 NPC가 있었다.

이런 종탑과 어울리지 않는 마을 소녀에게 비컨이 거센 반응을 보이는 걸 보고 나와 마기 씨는 서로 얼굴을 마주 보며 고개를 끄덕였다.

"너, 괴도야?"

마기 씨가 어깨를 살짝 두드리자 그 여자애는 곤란하다는 듯이 웃으며 품속에서 파란 가면을 꺼냈다.

"들켜버렸네."

퍼엉, 하는 소리를 내며 하얀 연기와 함께 모습을 드러낸 여자애가 은 칩 1개를 남기고 갔다.

"어라, 윤 군하고 같이 발견했는데 은 칩을 1개만 주면 나누기가 힘든데. 윤 군, 동 칩 5개 줄까?"

"저는 됐어요. 그런데 파란 괴도를 찾아내면 이렇게 되나 보네요."

군이 괴도 NPC를 공격하지 않아도 찾아냈다는 걸 확실하게 알리면 퀘스트 칩을 얻을 수 있는 것 같았다.

"그럼 저는 북쪽을 감시할 건데, 괜찮으시겠어요?"

"그럼 내가 남쪽을 찾아볼게."

나와 마기 씨는 종탑에서 마을을 내려다보았다.

"오, 바로 붉은 괴도를 찾았네."

마을 큰길에서 큼직한 자루를 짊어진 채 달려가는 괴도를 발견했고, 그 뒤에서 히노와 토우토비가 쫓아가는 모습이 보였다.

괴도는 히노의 일격을 피했지만, 피한 곳으로 파고든 토우토비가 짊어진 자루를 단검으로 공격하자 자루 주둥이에서 퀘스트 칩이 떨어진 것 같았다.

"저렇게 퀘스트 칩을 얻는 거구나."

나는 특제 화살을 꺼내 [검은 소녀의 장궁]에 매겼다.

뭐, 특제라고 해도 살상력이 높은 화살은 아니고 오히려 그 반대다.

고무 화살 [소모품]
ATK + 5, 추가 효과 : 봐주기 공격

남쪽 외딴섬 에리어에서 손에 넣은 고무 수지를 합성해서 박히지 않게끔 화살 끄트머리를 고무로 둘러싼 비살상 화살이다.

공격력은 철제 화살과 같지만, 끄트머리가 고무 수지로 둘러싸여 있기에 화살 공격이 찌르기 계열에서 타격 계열 대미지로 바뀐다.

그리고 추가 효과인 [봐주기 공격]으로 인해 아무리 대미지를 입히더라도 적의 HP가 절대로 0이 되지 않는 효과가 있다.

"가라! ──《원거리 사격》!"

[마궁] 센스와 [하늘의 눈]의 보정을 받아 날아간 화살은 거리 상공을 가로지르며 큰길로 도망치던 붉은 괴도의 자루에 명중했다.

고무 화살의 충격으로 인해 자루 주둥이에서 동색 빛이 솟구쳤고, 빛의 입자가 되어 사라지더니 내 손 근처에 동 칩이 나타났다.

"동 칩 5개구나. 뭐, 그럭저럭인가?"

붉은 괴도를 쫓던 히노와 토우토비는 갑자기 거리에 화살이 날아오자 놀라서 근원지를 찾아보고 있었다.

이내 화살이 날아온 종탑에 내가 있다는 걸 발견한 히노가 손을 흔들었고, 토우토비가 고개를 숙여 인사한 다음, 도망치는 붉은 괴도를 다시 추적했다.

"윤 군, 벌써 손에 넣었구나! 나도 질 수는 없지!"

마기 씨는 라이플의 스코프를 들여다보며 도망쳐 다니던

붉은 괴도를 발견하고는 저격했다.

예전에 쓰던 것보다 개량한 건지, 총신의 커스텀 파츠로 발사음을 경감시켜주는 소음기를 장착하고 있었다.

그리고 총알은 나와 마찬가지로 비살상용인 고무탄. 마기 씨는 그것을 붉은 괴도의 자루에 명중시켰다.

"마기 씨도 대단하시네요. 그리고 고무탄 같은 건 언제 준비하신 건가요?"

"후훗, 윤 군이 가르쳐준 총알 레시피를 토대로 에밀리가 만들어줬거든."

1주년 업데이트로 추가된 총 계열 센스와 그 총에 사용하는 소비 아이템인 총알을 [합성] 센스로 시험 제작했던 적이 있다.

이제 막 업데이트된 [총] 센스의 총알을 나 혼자만 연구하고, 지금은 별로 없는 수요를 충족시키기 위해 총알만 제작하는 건 바람직한 상황이 아니었다.

그렇기 때문에 완성된 레시피를 [생산 길드]를 통해 일찌감치 공개한 것이다.

그 레시피를 토대로 나처럼 [합성] 센스를 사용하는 [소재상] 에밀리 양이 새로운 총알을 개발해줬다니 기쁘다.

"자, 윤 군! 팍팍 쓰러뜨려서 퀘스트 칩을 모으자!"

"네, 마기 씨! 열심히 해보죠!"

그리고 우리는 종탑 위에서 거리를 내려다보며 숨거나 도망치는 괴도 NPC를 찾기 시작했다.

●

　종탑 위에서 거리를 둘이서 감시하니 지붕 아래나 큰길을 돌아다니는 붉은 괴도를 발견하기가 쉬웠다.

　"———《장거리 사격》!"

　플레이어에게 쫓기지 않는 붉은 괴도는 천천히 걸어 다니고 있기에 노리기 편하다.

　원거리에서 고무 화살을 자루에 맞추자 퀘스트 칩이 자루 주둥이에서 튀어 나왔다.

　갑작스러운 공격에 당황한 붉은 괴도에게 내가 두 번째 사격을 가했지만, 사각인 건물 뒤로 도망쳐버렸다.

　"이걸로 동 칩이 32개인가? 아직 멀었네."

　"윤 군, 움직임이 빠른 붉은 괴도를 노리는 게 퀘스트 칩이 더 짭짤해. 봐, 이런 느낌으로."

　그렇게 말한 마기 씨가 라이플의 방아쇠를 당긴 직후, 붉은 괴도에게 총알이 명중하며 손 근처에 은 칩이 나타났다.

　"역시 마기 씨는 대단하시네요. 나도 그런 쪽을 노려볼까."

　넓은 범위를 [하늘의 눈]으로 바라보고 플레이어에게 쫓기고 있는 붉은 괴도들을 발견했다.

　그중에는 뮤우와 루카토에게 쫓기는 붉은 괴도가 있었다. 자루가 꽤 쭈그러든 것처럼 보였다.

　"뮤우 양, 지금이에요!"

"하아아앗───,《피프스 브레이커》!"

루카토가 빈틈을 만들고, 크게 뛰어오른 붉은 괴도에게 뮤우가 [입체 제한 해제] 센스로 거리 건물 벽을 박차며 가속했다.

단숨에 거리를 좁힌 뮤우는 붉은 괴도가 착지한 순간에 아츠로 5연속 공격을 때려 넣었다.

자루에서 은색 빛이 공중으로 솟구쳤고, 그것이 뮤우와 루카토의 손에 들어가는 모습이 보였다.

2인 1조로 협력해서 붉은 괴도를 몰아붙이면, 몰아붙인 동료도 퀘스트 칩을 얻을 수 있는 모양이었다.

"저 붉은 괴도로 할까."

붉은 괴도는 공격을 받을 때마다 자루에서 퀘스트 칩을 떨어뜨린다.

그리고 퀘스트 칩을 떨어뜨린 만큼 움직임이 빨라지고, 더욱 희귀한 칩을 떨어뜨리게 된다.

"뮤우하고 루카토가 쫓아가고 있는 붉은 괴도는 은 칩을 떨어뜨리는 단계구나."

나는 뮤우와 루카토가 계속 쫓던 붉은 괴도를 조준하고 손가락에 화살 두 개를 끼웠다.

사냥감을 가로채는 것 같아서 미안하지만, 기회가 오기를 기다렸다.

그리고 그 기회는 금방 왔다.

"이번에는 내가 유도할게! ───《솔 레이》!"

뮤우가 시전속도가 빠른 수렴광선 마법을 손바닥으로 날리자 붉은 괴도가 그것을 화려하게 피했다.

피해낸 붉은 괴도에게 루카토가 단숨에 접근해서 바스타드 소드를 가로로 휘둘렀지만, 붉은 괴도는 공중에서 몸을 비틀어 루카토의 공격을 회피했다.

"가라! ──《연사궁 · 2식》!"

나는 뮤우와 루카토의 공격을 연달아 피하며 착지한 것과 동시에 자세가 무너진 붉은 괴도를 향해 화살 두 개를 거의 동시에 날렸다.

높은 곳에서 날아든 사격을 눈치챈 붉은 괴도는 자루를 끌어안으며 땅바닥에 굴러서 피했지만, 두 발째 화살이 엉덩이에 맞아서 아픈 듯이 끙끙대고 있었다.

"고무 화살이라도 은근 아플 것 같네……, 저기, 왠지 미안해."

아마 들리진 않겠지만, 무심코 사과해 버렸다.

아무튼 그런 웃긴 괴도에게 공격이 맞았기에 자루에서 새어 나온 은 칩이 내 손 근처에 나타났다.

"오, 은 칩 2개. 꽤 짭짤하네."

안전하게 사냥할 수 있을 정도로 둔한 상대보다는 움직임이 약간 빠르고, 예측하기 힘든 상대를 적극적으로 노리는 게 효율이 더 좋을 것 같다.

"그리고 뮤우하고 루카토는, 앗, 역시 눈치챘구나."

연계 시도가 실패한 직후, 원거리 저격이 성공한 모습을 눈앞에서 본 뮤우와 루카토는 깜짝 놀란 표정으로 종탑을 올려다보고 있었다.

가로챈 나를 보며 뮤우가 볼을 부풀렸다가 곧바로 히노처럼 이쪽을 향해 손을 흔들었고, 루카토도 곤란한 듯한 미소를 지으며 고개를 숙여 인사했다.

"뮤우네가 쫓아다니는 붉은 괴도를 노리면 방해 같으니까 다른 붉은 괴도를 찾아야지……, 있네."

지금은 누구에게도 쫓기고 있지 않지만, 자루가 쭈그러들어서 움직임이 잽싸진 붉은 괴도를 발견했다.

"그럼, 가볼까. ──《연사궁 · 2식》!"

좀 전과 마찬가지로 화살 두 발을 거의 동시에 날려서 몰아붙이며 저격했지만, 그 공격을 눈치챈 붉은 괴도가 두 발을 다 피한 다음 곧바로 건물의 사각에 숨어버렸다.

"아~, 놓쳐버렸네. 그냥 공격하기만 해선 안 되는구나."

상대는 움직임도 빠르고, 도망치는 데 전념하고 있기에 두세 번 연달아 공격해서 몰아넣어야만 한다.

"으음~. [하늘의 눈]의 타게팅 능력하고 마법 스킬을 조합한 좌표 폭파라면……, 아니, 안 되겠네. 발동될 때까지 시간이 걸리니까 공격 범위 밖으로 도망칠 거야."

나는 가지고 있는 아이템과 아츠, 스킬 등을 확인하며 단독으로 몰아붙일 방법을 생각했다.

"좋아, 이거하고, 이걸 조합하면 할 수 있겠네."

즉흥적으로 아이템을 만드는 건 생산직의 특기. 마기 씨도 흥미를 보였다.

"아~, 그거 말이지. 내 총알은 화약의 열 때문에 못 쓰지만, 열기를 띠지 않는 화살이니까 가능하겠네."

가지고 있던 화살에 손을 본 나는 다시 단독으로 나타난 잽싼 붉은 괴도를 조준했다.

"이번에야말로———,《마궁기·환영의 화살》!"

나는 다시 충분히 조준을 한 다음, 하늘 위로 화살을 날렸다.

마법의 화살 다섯 발이 붉은 꼬리를 끌며 먼저 건물 지붕으로 도망친 붉은 괴도를 향해 쏟아져 내렸다.

그 저격을 눈치챈 붉은 괴도는 쏟아져 내리는 마법의 화살을 차례차례 피했지만, 그 탄막 뒤에 숨어 날던 화살이 포물선을 그리며 머리에 쿠웅, 떨어졌다.

끄트머리가 고무로 둘러싸여 있기에 화살이 박히지는 않았다. 그러나 머리 위에서 예상치 못한 충격이 가해졌기에 건물 지붕 위를 뛰어가던 붉은 괴도는 요란하게 넘어졌고, 자루에 담긴 퀘스트 칩이 공중으로 솟구쳤다.

"좋아, 성공. 그리고 이번에도 은 칩 2개네."

손 근처에 나타난 은 칩을 손가락으로 집으며 씨익 웃는 내게 지켜보던 마기 씨가 박수를 쳐주었다.

"윤 군, 유도 솜씨가 대단하네."

"뭐, 제 능력은 이것뿐이니까요."

내가 한 것은 화려한《마궁기·환영의 화살》의 탄막 쪽으로 의식을 집중시키고, 그 뒤에 [인식 저해] 효과가 있는 [셰이드 진한 녹색 염료]를 합성한 고무 화살을 날린 것뿐이다.

들키지 않게끔 마법의 화살로 도망칠 곳을 막고, 유도 지점에 곡사로 사격한 화살을 떨어뜨렸는데 잘 먹혔다.

"이런 느낌으로 은 칩을 벌어볼까."

빵빵하게 부풀어 오른 자루를 짊어지고 다니는 붉은 괴도는 종탑의 사정거리 안으로 들어오면 저격할 수 있지만, 퀘스트 칩을 떨어뜨려서 움직임이 빨라진 붉은 괴도는 신경을 좀 더 써야만 한다.

그리고 자루에 담긴 퀘스트 칩이 더욱 줄어들면———.

"거기 서어어어어어어어어어어어어! ———《솔 레이》!"

"하아아아앗! ———《소닉 엣지》!"

뮤우와 루카토는 좀 전에 쫓던 붉은 괴도를 계속 쫓아다니면서 퀘스트 칩을 빼앗고 있었던 모양이었다.

그 결과, 처음 보았을 때에 비해 괴도의 움직임이 훨씬 빨라져 있었다.

"우와, 빠르네?! 아니, 공중에서 이동하니까 왠지 기분 나쁜데!"

붉은 괴도는 퀘스트 칩을 잔뜩 짊어지고 있던 초반과는 달리 공중 이단 점프나 곡예 같은 백텀블링 등, 초인적인 움직임으로 공격을 피했다.

팔다리가 날씬하고 길어서 움직임이 빨라지자 우스꽝스러운 걸 넘어 벌레를 방불케 했다.

"아무리 그래도 저걸 노리는 건 그만두는 게 좋겠지?"

"애초에 너무 빨라서 노릴 수도 없고요……."

금 칩을 떨어뜨리게 된 붉은 괴도를 노리려고 활을 겨누자 재빠르게 내 공격을 눈치채고는 종탑에 있던 나를 붉은 가면 너머로 바라보았다.

집중하고 있던 [하늘의 눈] 시야 안에서 붉은 괴도가 이쪽을 돌아보는 모습이 마치 호러 같았다.

"분명히 내 존재를 눈치채고 있을 테고, 왠지 공격하면 무서울 것 같으니까 은 칩을 노려야겠네."

나는 그렇게 말하며 움직임이 그럭저럭 빨라진 괴도들을 사격하면서 마을의 지형을 파악해 나갔다.

비슷한 거리가 펼쳐져 있어서 특징을 외우기가 힘들고 길을 헤매기 쉽지만, 그 점이 푸른 괴도가 숨기 쉬운 곳을 만들어내고 있었다.

"윤 군, 저쪽에 코하쿠하고 리레이가 있어."

"앗, 정말이네요. 두 사람은 푸른 괴도를 노리는 걸까요?"

비컨을 들고 NPC가 많이 모여 있는 큰길을 찾고 있는 코하쿠와 리레이.

붉은 괴도를 쫓아다니는 뮤우와 루카토 같은 기동력이 없기 때문에 꾸준하게 찾고 있는 것 같긴 한데———.

"아, 코하쿠, 리레이, 왜 눈치채지 못하는 거야!"

비컨은 확실하게 반응을 보이는 듯했다.

하지만 플레이어가 다가오자 사람들 사이에 숨어서 변장

한 푸른 괴도로 보이는 NPC가 슬며시 뒷골목으로 들어가 숨었다.

그 밖에도 코하쿠와 리레이의 시야로부터 도망치듯 건물 기둥을 빙글빙글 돌고 있는 부자연스러운 NPC도 있었고, 아무튼 높은 곳에서 [하늘의 눈]으로 두 사람의 상황을 지켜보니 부자연스러운 움직임을 보이는 푸른 괴도 같은 NPC의 움직임이 훤히 보였다.

"정말 아깝네. 그래도 잡자!"

"그러게요. 정말로 부자연스러운데 눈치채지 못하는 걸까요?"

높은 곳에서 훤히 내려다보고 있던 나와 마기 씨는 코하쿠와 리레이가 놓친 그 부자연스러운 NPC들을 원거리에서 저격했다.

머리 위에서 떨어진 고무 화살이나 옆에서 날아든 고무탄을 맞은 NPC가 변장을 풀고 푸른 가면을 쓴 다음 퀘스트 칩을 남기고 사라졌다.

"방금 그건 동 칩 5개구나."

"제가 노린 건 동 칩 7개예요. 그럭저럭 어렵긴 한데……, 역시 상성이 있나 보네요."

방금 대놓고 도망치는 NPC를 발견한 코하쿠와 리레이가 쫓아갔는데, 그 직후에 그녀들이 지나친 곳 옆에 놓여 있던 나무 상자의 뚜껑이 열리며 그곳에서 변장하지 않은 푸른 괴도가 나타나 기지개를 켰다.

"뭐라고 해야 하나, 진짜로 우스꽝스럽네……."

중얼거리며 느긋하게 나타난 푸른 괴도의 머리를 고무 화살로 쏘자 난도가 꽤 높았던 건지 은 칩 2개를 손에 넣었다.

그리고 코하쿠와 리레이가 쫓아가던 NPC는———.

"참말로오오오오! 뭐가 이렇게 번거롭담가!"

"후후훗, 또 놓쳐버렸나요?"

"크으으으윽, 반드시 찾아낼텡게 각오하라고! 푸른 괴도!"

분해하는 코하쿠의 목소리가 뒷골목에 울려 퍼지고 있었다.

비컨이 반응을 보인 것과 수상쩍게 도망친 NPC의 상황 증거만을 보고 쫓아갔지만, NPC를 붙잡아서 다시 비컨을 확인해보니 반응을 보이지 않았다.

일부러 그런 움직임을 보이는 NPC까지 거리에 배치해둔 걸 보니 정말 밉살스럽다.

적극적으로 푸른 괴도를 찾고 있긴 하지만 좀처럼 붙잡지 못하는 코하쿠와, 그냥 따라다니기만 하는 것 같아도 더 재주 좋게 푸른 괴도를 붙잡는 리레이. 코하쿠가 약간 가엾게 느껴졌다.

한편, 마찬가지로 푸른 괴도를 느린 발걸음으로 찾아다니던 세이 누나와 미카즈치는———.

"으음~. 미카즈치, 있어?"

"그래, 있다. 저기야."

"그럼———, 《아쿠아 불릿》!"

『히익~!』

건물 지붕에서 큰길에 있던 세이 누나와 미카즈치를 몰래
내려다보고 있던 푸른 괴도는 미카즈치에게 들켰고, 세이
누나가 조작한 물덩이를 맞았다.

지붕과 건물 사각에 숨었는데도 정확하게 물덩이를 맞은
푸른 괴도가 흠뻑 젖은 모습으로 퀘스트 칩을 남기고 사라
졌다.

"대단하네, 저걸 어떻게 안 거지? 거리에서는 거의 보이
지도 않을 텐데."

"그러게, 이유가 뭘까. 앗, 또 찾아내서 붙잡았어."

서서 이야기를 나누는 사람들 사이에 숨어있던 푸른 괴도
가 은근슬쩍 떠나려 했지만, 세이 누나의 《아이시클 락》으
로 인해 구속된 뒤 미카즈치와 세이 누나가 어깨를 살짝 두
드리자 고개를 숙이고는 퀘스트 칩을 남기고 사라졌다.

"진짜, 어떻게 안 거지? 둘 다 오늘이 처음인 것 같던데."

"그게 수수께끼란 말이지."

나와 마기 씨는 의아하게 생각하면서도 종탑 범위 안으로
들어온 붉은 괴도를 저격해서 퀘스트 칩을 벌어나갔다.

그리고 퀘스트가 시작된 지 20분이 지났다.

"은 칩 12개하고 동 칩 34개를 모았나."

높은 곳의 압도적인 유리함을 무기 삼아 원거리 사격을
이용한 잠복 공격으로 붉은 괴도를 노린 결과, 종탑의 사정
거리 이내에 나타나는 붉은 괴도의 회피 속도가 올라가서

칩을 모을 수 없게 되었다.

"여기서는 더 이상 모을 수 없게 되었네."

전투직인 뮤우 일행도 붙잡는 게 힘들 정도로 재빠른 붉은 도적에게서 퀘스트 칩을 빼앗는 건 현실적이지 않다.

붉은 도적들은 나타난 뒤 한 시간 정도가 지나면 사라지고, 마을 어딘가에서 자루 내용물이 리셋된 채 다시 나타나는 모양이었다.

이대로 붉은 괴도의 리셋을 기다리기보다는 넓은 마을을 돌아다니면서 괴도 NPC를 찾는 게 나을 것 같다.

"저는 탑에서 내려가서 괴도 NPC를 찾으러 갈 건데, 마기 씨는 어떻게 하실 건가요?"

"나는 좀 더 여기서 버텨볼래. 리셋이 된 괴도가 나타날지도 모르니까."

함께 종탑에서 저격하던 나와 마기 씨는 그렇게 따로 행동하기로 했다.

"그럼 열심히 하세요."

올라올 때 이용했던 종탑의 나선 계단으로 내려가면 시간이 오래 걸리기에 나는 어떤 도구를 꺼냈다.

[등산] 센스를 장비하고 갈고리가 달린 밧줄과 안전을 위한 안전띠, 손 보호용 글러브를 차고 종탑 기둥에 갈고리를 걸친 다음, 밧줄을 내렸다.

내린 밧줄과 안전띠를 고리로 연결한 뒤 단숨에 밧줄을 타고 종탑 외벽을 미끄러져 내려갔다.

"잠깐만, 너무 빠르잖아?! ——《키네시스》!"

미끄러지는 기세를 [염동] 스킬로 완화시키며 땅바닥에 내려선 나는 고리와 안전띠를 빼내고는 괴도 NPC를 찾기 시작했다.

●

퀘스트가 시작된 지 20분이 지나 잠복에서 적극적으로 찾아 나서는 방향으로 전환한 나는 비컨 반응을 토대로 괴도 NPC들을 찾기 시작했다.

"아마 이 근처가 건물의 사각이었을 텐데……."

종탑에서 내려다볼 때 푸른 괴도가 숨기 편할 만한 곳은 대충 눈독을 들여두었다.

"비컨 반응도 있네."

저격할 때는 필요가 없었지만, 수상한 곳을 찾을 때는 비컨의 반응에 따라 움직였다.

지금도 건물 사이의 뒷골목과 그 안쪽 공터에서 비컨이 강한 반응을 보이고 있다.

공터에는 내가 들어온 뒷골목밖에 출입구가 없었고, 척 보기에는 NPC가 보이지 않았다.

그리고 눈앞에는 척 보기에도 숨기 편할 것 같은 수상쩍은 나무 상자가 3단으로 쌓여 있었다.

"척 보기에도 여기 숨어 있어요라는 느낌이네."

별생각 없이 푸른 괴도를 찾아서 공터에 도착하면, 눈에 띄는 나무 상자에 시선이 집중될 것이다.

비컨이 아직 공터 범위 안에서 강한 반응을 보이고 있기에 이 공터에서 가장 숨기 편한 곳인 나무 상자 뒤쪽에 숨어 있을 거라는 생각이 제일 먼저 들 것 같다.

"뭐, 정석대로 찾아볼까."

단 한 군데뿐인 출입구인 뒷골목에 손을 써두고 쌓여 있던 나무 상자 뒤로 돌아와 보았지만, 아무도 없었다.

그 직후, 내가 들어온 뒷골목 쪽에서 NPC의 비명 소리가 들렸다.

"걸렸다! ──《라이트 웨이트》!"

나는 나 자신에게 [염동] 센스의 경량화 스킬을 사용하고 유일한 출입구인 뒷골목으로 돌아왔다.

그곳에는 진흙탕에 발이 빠진 채 버둥거리는 NPC가 있었다.

숨어있던 푸른 괴도는 제일 먼저 눈길을 끄는 나무 상자로 플레이어의 주의를 유도한 다음, 사각이 될만한 공터 앞 화단 같은 곳에 숨어있었을 것이다.

그리고 플레이어가 나무 상자 뒤쪽을 찾는 순간에 단숨에 공터에서 탈출하는 것이 숨는 타입인 푸른 괴도의 정석이겠지.

"뭐, 그런 상대는 도주 경로에 함정을 설치해두면 간단하지."

뒷골목에는 [머드 풀] 매직 젬을 설치해두었다.

나는 경량화 스킬로 진흙탕의 표면을 걸어가서 진흙탕에 빠진 NPC의 어깨를 살짝 두드렸다.

"자, 터치. 정체를 드러내."

"들켜버렸네."

그렇게 말하며 푸른 가면을 꺼낸 다음, 퍼엉 하는 연막과 함께 사라진 푸른 괴도는 동 칩 7개를 남겼다.

"그럭저럭 까다롭긴 한데, 대처 패턴을 어느 정도 알면 붙잡을 수 있겠네."

나는 그렇게 다음 푸른 괴도를 찾아서 비컨을 보며 마을을 걸어 다녔다.

가끔 거리에서 도망쳐 다니는 붉은 괴도가 비컨에 걸렸지만, 그 반응에 휘둘리지 않게끔 조심하며 찾다 보니 반응이 보였다.

"저 NPC 사이에 있나?"

비컨의 반응으로 보아하니 상대방이 큰길에 있는 NPC 사이에 숨어있는 것 같았다.

"음, 다른 NPC 사이에 숨어든 타입인가……."

종탑에서 내려다보다가 알게 된 건데, 그런 타입의 푸른 괴도는 플레이어가 찾으려고 어떤 행동을 하면 다른 일반 NPC들 사이에 숨어서 도망쳐 버린다.

그리고 푸른 괴도를 노리기 위해 일반 NPC까지 함부로 공격하면 이 퀘스트에 대해 설명해 준 기사 NPC가 말한 대로 페널티가 발생한다.

"푸른 괴도하고 일반 NPC는 도망칠 때 행동 패턴이 다르니까 그걸 이용할까."

종탑 위에서 차분히 관찰했기에 푸른 괴도의 움직임은 예상할 수 있다.

"자, ──《서몬 리틀 골렘》, 《미미크리》!"

토속성 마법의 소환 스킬로 지원 MOB인 리틀 골렘을 부른 뒤, [은밀] 센스의 의태 스킬을 사용해서 나와 비슷한 미끼 인형을 만들었다.

"그럼 나는 위에서 찾을 테니까 신호를 보내면 큰길로 나와줘."

나와 비슷하게 생긴 미끼 인형이 고개를 끄덕였다. 쓴웃음을 지으며 [등산] 센스와 갈고리 달린 밧줄을 사용해서 골목에서 건물 지붕으로 올라가 큰길을 감시했다.

"자, 다른 NPC들하고 다른 움직임을 보이는 NPC가 있으려나?"

곧바로 내 지시에 따라 거리를 걷기 시작한 미끼 인형은 일반 NPC들을 피하며 나아갔다.

큰길에 있는 사람들의 흐름에서 벗어나 미끼 인형으로부터 도망치려고 골목으로 도망치는 NPC가 있는지 [간파] 센스로 감시했다.

"……있네. 저 녀석이구나."

한 여자 NPC가 미끼 인형으로부터 도망치려는 듯 큰길을 걷다 맞은편 골목으로 들어가는 게 보였다.

나와 거리가 멀어지자 비컨의 반응이 약해졌기 때문에 푸른 괴도라는 걸 확신했다.

"그럼 먼저 가 있을까."

나는 갈고리 달린 밧줄을 써서 내려와 큰길로 나간 다음, 미끼 인형을 좀 전에 그 NPC가 도망친 골목으로 보낸 뒤 다른 길로 우회했다.

먼저 가서 기다리고 있자니 약해졌던 비컨의 반응이 서서히 강해졌다.

뒤쪽에서 쫓아오는 미끼 인형만 신경 쓰고 있던 변장한 푸른 괴도는 먼저 와 있던 나를 보고 깜짝 놀란 표정을 지었다.

"포기하고 퀘스트 칩을 줄래?"

내가 묻자 변장한 푸른 괴도는 푸른 가면을 꺼낸 다음, 동 칩을 남기고 사라졌다.

"이것도 동 칩 7개인가? 역시 은 칩을 줬으면 좋겠는데."

나는 다른 NPC들 사이에 숨는 타입인 푸른 괴도에게서 손에 넣은 동 칩 7개를 집어넣으며 《서몬 리틀 골렘》 스킬을 해제시켜서 미끼 인형을 없앴다.

"좀 더 어려운 푸른 괴도를 노려야 하는데. 골치 아프긴 하지만, 틀어박혀 있는 녀석을 노릴까?"

남은 시간은 15분. 퀘스트 칩을 좀 더 모아야 한다.

"앗, 있다. 틀어박혀 있는 푸른 괴도."

어떤 3층 건물 안에서 아래쪽을 내려다보고 있던 푸른 괴도를 발견했다.

그 아래에는 우리 말고도 이 에리어에 와 있던 플레이어가 푸른 괴도를 올려다보며 어쩔 줄 몰라 하고 있었다.

"젠장, 바깥쪽 계단으로 올라가려 하면 위쪽에서 사격해서 다가갈 수가 없어."

"그렇다고 해서 마법을 날려서 억지로 쓰러뜨리려 하면 그 여파 때문에 건물 안에 있는 일반 NPC까지 휘말릴 거라고! 저 녀석만 저격하려 하면 현관문 같은 파괴 불가능 오브젝트에 가로막히고! 대체 어떻게 해야 하는데!"

푸른 괴도는 몰아붙이면 퀘스트 칩을 플레이어에게 넘기고 사라진다.

하지만 반대로 말하자면, 찾아낸 것만으로는 칩을 받을 수 없다.

푸른 괴도를 끝까지 몰아붙여야만 퀘스트 칩을 손에 넣을 수 있다.

푸른 괴도 중에서는 처음부터 알아보기 쉬운 곳에 모습을 드러낸 녀석도 있지만, 붙잡으려 하면 플레이어에게 방해나 공격을 가하는 경우가 있다.

틀어박혀서 침입 경로를 차단하고 방어하기 위해 적극적으로 공격을 가하는 것이다.

게다가 다른 일반 NPC가 밀집해 있는 곳에 틀어박혀 있기에 그로 인한 페널티 때문에 플레이어들의 제약이 더욱

심해졌다.

그야말로 골치 아픈 타입.

"음, 아래쪽에서 올려다보고 있는 플레이어들은 계속 경계 대상이 되어달라고 하고, 나는 그 틈을 타서 접근할까."

몰래 건물 뒤쪽으로 돌아간 나는 오늘 세 번째로 갈고리 달린 밧줄을 건물 지붕에 걸치고 올라갔다.

"음, 푸른 괴도의 행동 주기는 바깥쪽 계단으로 이어지는 현관하고 건물 뒤쪽에 있는 베란다를 교대로 감시하는 거구나."

한동안 지붕 위에서 행동 루틴을 확인한 다음, 포박 순서를 생각했다.

"좋아, 이렇게 할까. 이제 타이밍을 봐서———, 지금!"

올라간 지붕 위에서 현관을 감시하다가 푸른 괴도 NPC가 나타나자 위에서 마비약을 뿌렸다.

머리 위에서 뿌린 마비약을 맞은 푸른 괴도는 제자리에 무릎을 꿇고 움직임이 둔해졌다.

나는 재빠르게 지붕에서 3층 바깥쪽 계단에 착지해서 푸른 괴도의 등을 터치했다.

"자, 붙잡았어."

등을 살짝 두드리자 그 푸른 괴도는 유쾌한 듯한 미소를 살짝 드리우고는 은 칩 3개를 남기고 사라졌다.

"음, 좀 더 모을 수 있겠는데."

그다음으로 비컨이 반응을 보인 곳은 숨는 타입 푸른 괴도를 붙잡은 곳과 지형이 비슷한 곳이었다.

세 방향이 건물로 둘러싸인 막다른 곳. 공터 안쪽에 틀어박혀서 입구를 경계하는 푸른 괴도를 발견했다.

주위가 건물로 둘러싸여서 그늘진 곳이 많았기 때문에, [은밀] 센스의 《섀도우 다이브》로 그림자 속에 숨어서 접근한 다음 붙잡았다.

그렇게 차례차례 푸른 괴도를 찾다 보니 종료 시간이 다가왔다.

"지금까지 성과는 은 칩 25개하고 동 칩 79개구나. 남은 시간은 10분이고."

제한 시간인 1시간이 끝나가자 뮤우와 다른 일행들이 숫자를 줄인 건지, 비컨에 반응을 보이는 괴도 NPC가 잘 보이지 않게 되었다.

"꽤 많이 모았으니까, 이 정도면 되려나?"

슬슬 집합 장소인 광장으로 돌아갈까 생각하는데 비컨의 반응이 서서히 강해졌다.

어떤 붉은 괴도가 다가와 건물 지붕 위를 엄청난 기세로 뛰어갔다.

"앗, 윤 언니다! 우리 좀 도와줘!"

"뭐어? 도와달라고?!"

그 괴도를 쫓는 뮤우와 루카토, 미카즈치, 그리고 조금 떨어진 위치에서 마법을 날리며 따라오는 세이 누나가 있었다.

내가 대답하기도 전에 뮤우가 지붕 위를 가볍게 뛰어가며

붉은 괴도를 추적했다. 따라온 루카토가 큰 목소리로 설명
해 주었다.

"이제 시간이 얼마 남지 않아서 금 칩을 떨어뜨리는 붉은
괴도를 노리고 다 함께 협력하고 있어요!"

"그렇구나, 그런 거였어. ──《존 클레이 실드》!"

나는 루카토가 한 말에 납득하며 근처 건물 외벽에 수직
으로 토벽을 만들어냈다.

수직 토벽을 발판으로 삼아 건물 지붕으로 뛰어 올라간
다음, 활을 들고 추적에 참가했다.

"그런데 다른 사람들은? 같이 쫓아가지 않는 거야?"

"다른 사람들은 포기하고 집합 장소인 광장에서 기다리고
있을 거다!"

내가 붉은 괴도의 추적에 참여하면서 묻자 미카즈치가 그
렇게 대답해 주었다.

남은 시간을 보면 그럴 만하다.

"윤은 마기랑 같이 있지 않니?"

이번에는 세이 누나가 내게 물어보았다.

"나는 종탑에서 계속 잠복하면 많이 못 벌 것 같아서, 나
중에는 따로 거리에 숨어있던 푸른 괴도를 찾고 있었거든.
──《스톤 월》!"

세이 누나의 질문에 대답하며 큰길을 가로지르기 위해 돌
벽 발판을 걸치고 뛰어갔다.

"자, 누가 공격을 맞춰서 금 칩을 손에 넣든 원망하기 없

기다! 윤 아가씨, 우리에게 속도 강화, 그리고 붉은 괴도에게 약체화를 걸어줘!"

"알겠어! ──《존 인챈트》스피드! 《커스드》스피드!"

뮤우와 다른 일행들에게 인챈트를 걸고, 눈앞에서 재빠른 움직임을 보이는 붉은 괴도에게 속도 커스드를 걸었다.

속도 스테이터스가 올라간 미카즈치가 씨익 웃고는 선두에 있던 뮤우를 따라잡은 다음, 세이 누나에게 신호를 보냈다.

"자, 세이! 부탁한다!"

"간다. ──《아이스 월》!"

그 신호를 본 세이 누나는 지연시켜둔 빙속성 마법을 단숨에 해방해 고속으로 이동하던 붉은 괴도의 진로를 얼음벽으로 가로막았다.

붉은 괴도가 얼음벽을 재빠른 움직임으로 피하는 동안, 쫓아가던 뮤우가 손바닥을 내밀었다.

"가라아! ──《컨센서스 레이》!"

뮤우가 만들어낸 두꺼운 수렴광선이 세이 누나가 만들어낸 얼음벽에 난반사되어, 수없이 많고 얇은 광선이 이리저리 오가며 붉은 괴도가 도망칠 곳을 막았다.

"해냈나!"

얼음벽과 수많은 수렴광선에 가로막혀 멈춰선 붉은 괴도가 이쪽을 돌아보았다.

"자, 간다!"

"아뇨, 아직이에요. 놓치지 않을 거라고요!"

뮤우와 세이 누나의 마법으로 인해 멈춰선 붉은 괴도를
향해 루카토와 미카즈치가 뛰어들었다.

붉은 괴도는 가끔씩 주먹과 발차기로 두 사람의 공격을
흘리면서 유효타를 맞지 않게끔 움직였다.

"그렇군, 대미지 판정이 없으면 유효타로 보지 않는 건가?"

접촉한다 해도 확실한 대미지가 없으면 금 칩을 떨어뜨리
지 않는 모양이었다.

그리고———.

"하아아아아앗!"

미카즈치가 휘두른 육각곤 끄트머리가 붉은 괴도의 몸을
찔렀다.

짊어지고 있던 자루에서 금색으로 빛나는 퀘스트 칩이
떨어졌지만, 미카즈치의 찌르기 일격을 이용해서 뒤로 크
게 물러난 붉은 괴도는 곧바로 건물 사이의 뒷골목으로 사
라졌다.

"아~, 미카즈치 씨에게 뺏겨 버렸네."

뮤우가 토라진 듯이 중얼거리며 멈춰서자 솟구친 금 칩이
하나씩 우리 손 근처에 나타났다.

"앗, 직접 공격을 한 것도 아닌데, 나도 받는구나."

"하지만 제일 많이 받은 건 직접 공격을 맞춘 사람이지."

붉은 괴도에게 일격을 가한 미카즈치는 그렇게 말하며 금
칩 2개를 우리에게 과시하듯 손가락에 낀 채 돌아왔다.

"마지막에 잠깐 돕기만 했는데 금 칩을 받다니, 왠지 미안

하네.”

“그렇지 않아! 윤 언니의 인챈트하고 커스드가 없었다면 더 힘들었을 거야!”

뮤우가 보조 캐릭터다운 활약을 높게 평가해주며 그렇게 말하자 나는 기쁜 마음을 곱씹으며 방금 손에 넣은 금 칩을 소중히 넣어두었다.

그리고 다른 일행들과 함께 이벤트 개시 장소인 광장으로 돌아왔다.

“어서 와! 다들 성과는 어때?!”

먼저 돌아와 있던 히노와 토우토비, 코하쿠와 리레이, 그리고 마기 씨가 맞이해 주었다. 남은 시간을 확인했다.

“3분 남았나. ……하지만 이 근처에서도 비컨이 반응을 보이는 것 같아.”

광장 근처에 괴도 NPC가 있는 것 같았기에 제한 시간이 끝날 때까지 찾아보려고 주위를 둘러봤지만, 코하쿠와 다른 일행들이 피곤하다는 듯이 대답해 주었다.

“우리도 먼저 돌아와가꼬 찾아봤는디, 어디 있는지 모르것더라고.”

“……저희도 같이 찾아봤는데, 광장 전체에서 비컨이 강한 반응을 보여서 확실하게 알아낼 수가 없었어요.”

“우리가 찾아봐도 숨은 곳에서 전혀 움직이지 않는 것 같더라고. 찾아낼 수도 없고.”

먼저 돌아와 있던 코하쿠 일행이 숨을 만한 곳이나 수상쩍은 곳을 찾아보았다는 걸 가르쳐 주었다.

나는 뭔가 놓친 게 있지 않을까 하는 생각에 원형 광장을 둘러보았다.

"으음~, 혹시……."

그리고 어떤 NPC의 존재를 깨달았다.

처음에 플레이어에게 준 비컨은 어떤 상황이었지? 처음부터 강한 반응을 보이고 있었을 텐데.

그리고 변장한 푸른 괴도가 꼭 숨어있을 거라고 누가 정했지? 그리고 우리에게 우호적으로 말을 걸지 않을 거라고 누가 정했지?

남은 시간 1분———, 나는 밑져야 본전이라는 생각으로 모두가 처음부터 무의식적으로 선택지에서 제외했던 NPC에게 다가갔다.

"푸른 괴도, 붙잡았다……."

처음에 이 [스타 게이트] 퀘스트에 대해 설명해준 기사 NPC를 살짝 건드리자, 기사는 우리에게 부드러운 미소를 보이면서———.

"정답. 용케도 내 정체를 간파했군! 그 혜안에 경의를 표하며 이것을 주마!"

내 손에 금 칩 하나를 살며시 올려놓고는 푸른 가면을 꺼냈다.

"흐하하하핫, 작별이다!"

기사로 변장했던 푸른 괴도가 푸른 가면을 쓰고 크게 웃으며 뛰어서 도망쳤다.

곧바로 급하게 뛰어온 기사 NPC가 우리를 돌아보고는 힘찬 목소리로 물었다.

"자, 자네들! 방금 내 가짜가 여기 있지 않았나! 그 녀석이, 그 녀석이 괴도단 일당이야!"

나는 매우 고전적인 이야기라 잠시 멍하니 있었고, 뮤우와 다른 사람들은 진짜 NPC가 나타나자 무심코 큰 목소리로 웃어대기 시작했다.

그리고 계속 광장에서 괴도 NPC를 찾고 있던 코하쿠 일행은 뜻밖의 맹점을 놓쳤다는 사실에 발을 굴렀다.

정신을 차린 나는 의태하고 있던 푸른 도적이 도망친 쪽을 보았다.

"설마 제일 처음 설명해 준 NPC가 괴도 NPC일 줄은 몰랐네. ……그래도 마지막까지 포기하지 않기를 잘했지."

나는 혼자서 쓴웃음을 지으며 마지막 순간에 손에 넣은 금 칩을 쥐었다.

4장 추가 에리어와 함정

"보너스 퀘스트, 고생했어요~!"

﹃━━━━━고생했어요~!﹄

뮤우의 제안으로 도전한 퀘스트 칩 대량 확보 에리어에서 괴도단과의 술래잡기를 마친 우리는 곧바로 세이 누나와 미카즈치네 길드, [팔백만] 길드 홈에서 뒤풀이를 하고 있었다.

[팔백만]은 길드 에리어를 손에 넣었지만, 적은 인원으로 모일 때는 길드 홈 쪽이 더 편해서 휴게소 같은 느낌으로 쓰고 있다.

오후 간식 시간이었기에 [팔백만]다운 연회가 아니라 주스가 든 컵을 들고 각자 가지고 온 과자를 먹는 다과회를 하게 되었다.

"다들 칩은 어느 정도 모았어? 나는 루카랑 같이 쓰러뜨리고 돌아다녀서 꽤 모았는데!"

"뮤우 양하고 같이 붉은 괴도를 노리고 다녀서 금 5개, 은 40개, 동 30개를 모았네요."

"우리도 이번에 목표 개수를 다 채웠어!"

"……뮤우 양하고 루카토 양이 모은 개수하고 거의 비슷하네요."

뮤우와 루카토가 자신들의 성과를 보고했고, 히노와 토우토비도 성과가 괜찮았는지 표정이 밝았다.

그에 비해 종탑에서 봤을 때도 잘 풀리지 않는 느낌이었던 코하쿠는 축 처져 있었다.

"망했어야. 우리는 퀘스트 칩을 거의 못 모았응께. 금 칩은 하나도 없고, 은 칩만 10개 정도여."

"후후훗, 뭐, 어쩔 수 없죠. 우리는 이동 속도가 느리고, 거리에서 대규모 마법을 날리면 페널티를 받게 되어버리니까요. 그리고 [발견] 계열 센스도 없어서 놓친 것도 많았던 것 같고요."

혼자서 머리를 감싸 쥐고 있던 코하쿠와는 달리 리레이는 냉정하게 사실을 말했다.

"놓쳤다고?! 언제, 어디서 놓쳐부럿당가!"

"후후훗, 꽤 놓쳤는데요. 그리고 그것들을 윤 씨와 마기 씨가 곧바로 저격했고요."

"그라믄……."

코하쿠는 자신들이 본 곳, 지나친 곳에 있던 괴도 NPC를 놓쳤다는 사실을 그제야 눈치채고는 은근히 충격을 받았다.

나는 루카토와 다른 일행들에게 위로를 받고 있는 코하쿠를 보며 마음속으로 수고를 치하했다.

마기 씨와 함께 과자를 먹고 있던 내게 뮤우가 다가와 성과에 대해 물어보았다.

"윤 언니하고 마기 씨는 얼마나 모았어? 그리고 목표 개수는 다 채웠어?"

내 옆에 앉은 뮤우에게 그 반대편에 앉은 마기 씨가 대답했다.

"나는 은 칩 30개하고 동 칩 50개를 모았어. 일부는 [생산 길드] 쪽에 쓸 거긴 한데, 그걸 빼더라도 목표 개수는 달성했지."

"마기 씨, 축하드려요! 마기 씨는 뭘 고르실 건가요?"

계속 질문 공세를 가하는 뮤우를 보고 마기 씨가 미소를 지으며 대답했다.

"[메이킹 박스]의 업그레이드 아이템이야. 작년 캠프 이벤트 때 손에 넣었는데, 요즘은 별로 활약하지 못하니까 손을 좀 봐주려고."

지정한 종류의 소재를 하루에 하나씩 랜덤으로 만들어내고, 그것을 일정 확률로 복제하는 이벤트 아이템인 [메이킹 박스].

이번 퀘스트 이벤트에서는 그 [메이킹 박스]도 교환할 수 있고, [메이킹 박스]를 가지고 있는 플레이어에게는 성능을 강화시켜주는 업그레이드 아이템이 교환 목록에 뜨는 모양이었다.

그 효과는 랜덤으로 배출되는 소재 개수 증가와 고랭크 소재의 출현 확률 상승, 아이템 복제 확률 상승, 복제 슬롯 증가 등이다.

"호오, 그렇군요! 윤 언니는 이제 [개인 필드 소유권]을 교환할 수 있을 만큼 모았어?"

마기 씨에게 감탄한 뮤우는 내게 말을 걸었다.

"음, 지금까지 합계가———, 금 칩 4개하고 은 칩 35개, 동 칩 211개야."

목표인 [개인 필드 소유권]을 교환하려면 은 칩 75개가 필요한데, 지금은 은 칩 72개 분량의 퀘스트 칩을 모은 상태다.

"오~, 윤 언니, 꽤 많이 모았네. 얼마 안 남았어! 열심히 해!"

"납품 계열 퀘스트 같은 걸 하다 보면 금방 모이겠지."

내가 그렇게 대답하자 뮤우는 뭔가 물어봐 줬으면 하는 듯 안절부절못하면서 시선을 보냈다.

정말, 대놓고 물어봐 주길 기다리고 있네. 마음속으로 그렇게 쓴웃음을 지으며 뮤우에게 물었다.

"그러고 보니까, 뮤우는 퀘스트 칩으로 뭘 교환하려 하는지 못 들었는데. [마개조 무기] 같은 걸로 교환할 거야?"

내가 묻자 뮤우가 알기도 쉽게 밝은 표정을 지으면서 이쪽을 향해 싱글싱글 웃었다.

"아니야. 내가 교환할 건———."

""교환할 건?""

"———아직, 비밀이야!"

뜸을 들이다가 장난기 이런 미소를 지으며 가르쳐주지 않는 뮤우. 나와 마기 씨가 쓴웃음을 지었다.

"그게 뭐야."

"그래도, 윤 언니. 저번에 [개인 필드 소유권]을 얻으면 어떤 필드를 만들 건지 물어봤는데 가르쳐주지 않았잖아!"

토라진 듯이 따지는 뮤우를 보고 그런 일이 있었나 생각하면서 눈을 피했다.

"그러니까, 윤 언니가 어떤 필드를 만들지 가르쳐줄 때까지 비밀로 할 거야!"

"그럼 뮤우. 내게만 살짝 가르쳐줄래?"

"그래요, 마기 씨!"

그렇게 내 양쪽 옆에 앉아있던 뮤우와 마기 씨가 약간 떨어진 곳으로 가서 프렌드 통신으로 비밀 이야기를 나누기 시작했다.

목소리는 들리지 않지만, 즐거워 보이는 뮤우의 표정이나 마기 씨의 놀란 표정, 이해가 된다는 듯한 미소 같은 게 잘 보였다. 그러는 사이 [팔백만]의 길드 멤버들과 이야기를 나누고 있던 세이 누나와 미카즈치가 돌아왔다.

"윤, 고생했어."

"세이 누나, 미카즈치도 고생했어. 보너스 퀘스트는 재미있게 즐긴 거야?"

내가 컵에 주스를 따라 두 사람에게 건네자 두 사람은 각자 감상에 대해 말했다.

"나는 길드 홈에 쓴 자금을 보충할 수 있어서 다행인 것 같은데. 동 칩을 돈으로 교환하는 것도 무시할 수 없는 일이니까."

그리고 마지막에는 인간형 NPC 상대로 벌인 싸움치고는 꽤 괜찮은 전투였다며 미카즈치가 웃었다.

한편, 세이 누나는 턱에 손가락을 대고 약간 어두운 표정을 짓고 있었다.

"세이 누나, 혹시 제대로 즐기지 못한 거야?"

억지로 따라왔던 건가? 내가 그렇게 걱정하며 묻자 평소처럼 부드러운 미소를 지으며 세이 누나가 부정했다.

"아니, 즐거웠어. 그래도 내용이 각자 성과 경쟁처럼 제각각 움직이는 거였으니까, 다음에는 같이 모험하러 가고 싶어서."

"그럼 윤 아가씨가 얼른 [개인 필드 소유권]을 교환할 수 있게끔 우리하고 같이 토벌 퀘스트라도 하러 갈까? 클로나리리도 [팔백만]의 보조를 받아서 토벌 퀘스트를 하러 가곤 하니까."

세이 누나의 감상에 이어 미카즈치의 예상치 못한 제안을 듣고 놀랐다.

"좋겠다아, 세이 언니하고 윤 언니랑 같이 모험이라니."

"그럼 나나 윤 군, 클로드, 리리하고 같이 간다는 거야?! 좋아! 세이 씨네랑 같이 모험이네!"

비밀 이야기를 마치고 돌아온 뮤우와 마기 씨도 이야기에 끼어들었다.

"뮤우는 나중에 같이 가자."

"응! 약속이야, 세이 언니! 그럼 루카네가 있는 곳으로 돌아갈게!"

세이 누나와 약속한 뮤우가 폭풍처럼 떠나가자 나는 다시 미카즈치를 보았다.

"음, 진짜로 도움을 받아도 되는 거야? 도와준다니 든든하긴 한데……."

"딱히 상관없어. 그리고 [팔백만]은 이벤트 목표를 달성했으니까 길드 자금만 모은다면 어떤 퀘스트를 누구랑 같이 하더라도 문제없고!"

"그러니까 윤이 가고 싶은 곳을 우리가 같이 가서 도와줄게."

미카즈치의 타산적인 생각과 세이 누나의 배려를 듣고 약간 납득했다.

원래는 꾸준히 납품 퀘스트로 동 칩을 벌고 은 칩으로 교환해서 목표 퀘스트 칩 개수를 달성할 생각이었다.

하지만 세이 누나와 미카즈치가 퀘스트 칩 모으기를 도와준다면, 모처럼 해준 제안이니 토벌 퀘스트를 해봐도 괜찮을지 모르겠다고 다시 생각하게 되었다.

내일 생산직들과 세이 누나, 미카즈치와 만나 진행할 퀘스트를 고르기로 약속한 다음, 우리는 로그아웃했다.

다음 날, 약속 시간에 맞춰서 모인 우리는 거리에 설치된 퀘스트 보드 앞에 있었다.

"윤찌, 안녕~. [검은 소녀의 장궁]은 어때? 추가 효과는 [약체화 성공] 말고 다른 걸 넣어주는 게 나았을까?"

"아니, 내 취향에 딱 맞아서 정말 좋더라. 직접적인 공격력은 올라가지 않았지만, 커즈나 상태이상 화살의 성공 확률이 체감될 정도로 올라갔어."

"그거 다행이네."

리리와 인사를 마친 나는 마기 씨 일행과 함께 퀘스트 보드를 바라보았다.

"이렇게 보니 역시 토벌 퀘스트는 인기가 많네……."

제일 정석 같은 형식의 퀘스트이기 때문에 많은 플레이어들이 오가며 확인하고 퀘스트를 받아갔다.

"자, 다들 어떤 토벌 퀘스트를 받고 싶어?"

마기 씨의 물음에 나와 클로드, 리리, 세 명이 서로 얼굴을 마주 보았다. 그리고 바로 우릴 도와줄 세이 누나와 미카즈치 쪽으로 고개를 돌렸다.

"클로하고 리리는 [팔백만]의 지원에 익숙하겠지만, 다시 설명할게. 우리는 다른 플레이어들을 도와주기 위해 함께 가겠지만, 우리 주도로 레벨이 높은 퀘스트를 하러 갈 생각은 없어."

"윤네가 가고 싶은 곳이나 받고 싶은 퀘스트를 원활하게 진행할 수 있게끔 도울 뿐이야. 물론 지금보다 한 단계 더 어려운 퀘스트를 받고 싶을 때도 온 힘을 다해 도와줄게."

이번 토벌 퀘스트는 우리가 주체가 되어 진행하고, 세이 누나와 미카즈치는 보조해주는 입장인 모양이었다.

"내 목표 개수가 은 칩 3개니까, 보수가 그 정도인 퀘스트가 좋을 것 같은데. 클로드는 어때?"

"이왕 하는 거면 1주년 업데이트로 추가된 퀘스트를 하고 싶군."

은 칩 3개를 얻을 수 있는 퀘스트라면 다른 건 딱히 상관 없는 내가 클로드에게 묻자 그런 대답이 돌아왔다.

"그럼 리리는 뭔가 원하는 거 있어?"

"나는 새로 개방된 에리어를 탐색하러 가고 싶은데."

"새로 추가된 에리어?"

리리가 마기 씨에게 대답한 내용을 듣고 나는 고개를 갸웃거렸다.

"저기, 리리, 새롭게 개방된 에리어가 있어?"

OSO는 마을이나 다양한 지형의 에리어가 전부 이어져서 형성된 드넓은 세계다.

그런 가상현실의 세계는 한없이 이어져 있는 것처럼 보이지만, 사실은 한도가 있다.

예를 들어 세계 끄트머리까지 도달하면 보이지 않는 벽에 가로막히거나, 바다 에리어에서는 먼 곳을 목표로 나아가다가 일정한 경계를 넘어서면 반대 방향으로 돌아오게 된다.

때로는 다음 에리어가 바로 눈앞에 보이는데도 그 앞에 플레이어가 쓰러뜨릴 수 없는 거대 보스를 배치해서 에리어 침입을 가로막기도 한다.

"1주년 업데이트 때 에리어 몇 군데가 개방된 것 같거든!"

"어라? 사전 공지나 알림에는 적혀 있지 않은 것 같던데."

OSO의 보이지 않는 벽은 업데이트와 동시에 제거되어서 에리어가 개방되는데, 그런 사전 공지가 없었다. 생각에 잠겨 있는데 클로드가 답을 가르쳐 주었다.

"업데이트 공지에 설명이 없긴 했지만, 플레이어들이 찾아내는 즐거움을 주기 위해 몇 가지 힌트가 뿌려져 있다."

예를 들어———, 클로드가 그렇게 말하며 퀘스트 게시판 앞에서 퀘스트를 몇 개 손가락으로 가리켰다.

"새롭게 업데이트로 추가된 퀘스트 종이는 색이 다르지."

"호오, 그렇구나."

한눈에 알아볼 수 있게끔 게시판에 연두색 종이로 붙여두는 모양이었다.

"그리고 그 퀘스트 내용 사이에 장소나 목적으로 새로 개방된 에리어의 존재가 암시되어 있고."

예를 들어, 장소를 지정하는 단어, 기존 퀘스트에는 없는 적 MOB이나 소재 아이템 이름 등으로 신규 에리어나 신규 아이템의 존재를 유추할 수 있다.

그리고 지정된 곳에 있는 NPC로부터 이야기를 듣고 실제로 그곳에 가서 새롭게 개방된 에리어의 존재를 알 수 있다.

그렇게 플레이어를 단계적으로 유도하는 시도가 도입된 모양이었다.

"그러니까 말이지. 나는 토벌 퀘스트를 진행할 겸, 새롭게 개방된 에리어의 소재도 찾으러 가고 싶거든."

"그렇구나, 그런 이유였어. 알아서 찾아내는 즐거움이라고 하면 도서관에도 새로운 소재에 대한 레시피 책 같은 게 추가되었지. 새로운 에리어에 가면 그 레시피에 쓸 소재를 얻을 수 있으려나……."

"뭐라고?! 도서관에 그런 추가 요소가 있었나?! 미처 몰랐군……."

나도 새로운 소재를 찾아내면 좋겠다라고 막연하게 생각하는 한편, 내 중얼거림을 들은 클로드는 지금 당장에라도 도서관에 알아보러 가려 하고 있었다.

"자자, 클로드. 도서관에는 나중에 가고. 지금은 토벌 퀘스트를 고르자."

그때, 마기 씨가 손뼉을 살짝 치며 우리의 시선을 한데 모았다.

"그러고 보니 마기 씨의 희망사항을 듣지 않았네요."

"응? 나는 이 무기를 시험할 수 있다면 어디든 좋을 것 같은데."

마기 씨는 용암이 식어서 굳은 듯한 붉은색과 검은색의 전투 도끼를 보여주었다. 마개조 무기였다.

대충 희망사항에 대해 이야기한 우리는 퀘스트 보드에서 토벌 퀘스트를 찾기 시작했다.

●

"앗, 이건 어떨까?"

마기 씨가 수해 에리어에 발생한 퀘스트를 발견했고, 우리가 내용을 확인했다.

—— [토벌 퀘스트 · 거대 유인원의 토벌] ——
수해의 거대 유인원 스프리건 에이프를 쓰러뜨려라.
보조 보수 : 한 마리 토벌 성공 시 은 퀘스트 칩 18개.

주요 보수는 퀘스트를 클리어할 때까지 기대하라는 듯 퀘스트 보드에는 적혀 있지 않았다.

하지만 보조 보수의 퀘스트 칩 입수량만으로 퀘스트의 난이도를 추측할 수 있었다.

"봐, 한 마리만 토벌해도 은 칩 18개라니, 짭짤하지 않아?"

"여섯 명이서 나누면 한 명당 은 칩 3개네!"

MOB의 이름과 퀘스트 내용으로 보아 중형에서 대형 졸개 MOB이라고 예상했고, 퀘스트 칩의 보수로 보아 세이 누나와 미카즈치가 함께 간다면 달성할 수 있는 난이도라고 판단했다.

"그런데 수해 에리어는 어디 있어?"

수해 에리어의 위치를 알지 못해서 고개를 갸웃거렸지만 세이 누나가 가르쳐 주었다.

"수해 에리어는 제3마을 남서쪽에 있어. 업데이트 전까지는 에리어의 벽에 가로막혀 있어서 가지 못했고."

제3마을 남서쪽을 거의 의식하지 않아서 몰랐던 나와 리리가 감탄했다.

곧바로 퀘스트를 받은 우리는 제1마을의 포탈을 통해 제3마을로 전이한 다음, 남서쪽의 수해 에리어를 향해 이동했다.

제3마을 주변에는 록 크랩이나 스톤 아르마딜로, 샌드맨 같은 MOB이 있었고, 남서쪽으로 더 가보니———.

"오~, 대단하네. 여기가 수해 에리어……."

거친 지면이 낙엽과 이끼가 깔린 지면으로 바뀌자 우리는 수해 에리어의 입구를 올려다보았다.

"자, 윤찌! 가자!"

"리리, 알겠어!"

나와 리리가 척후를 맡아 선두를 걸었다. 정말 에리어의 벽에 가로막히지 않고 수해 에리어로 들어갈 수 있었다.

숲은 익숙하다고 생각했었는데, 수해 에리어에 들어서자 일직선으로 높게 뻗은 나무와 그 사이로 스며드는 햇빛, 발치에 굴러다니는 이끼가 낀 바위와 지면의 조화에 나도 모르게 한숨이 나와버렸다.

"이런 에리어가 새로 개방되었구나. 오늘은 여기 오길 잘한 것 같아."

나는 자연스러운 움직임으로 지금 보고 있는 경치를 스크린샷으로 찍었다. 그에 반해 빠른 걸음으로 돌아다니며 수해의 나무들을 확인하던 리리가 어떤 나무를 발견했다.

"나는 이 나무를 벌채할 테니까 잠깐만 기다려!"

리리는 인벤토리에서 도끼를 꺼내서 목공 소재로 쓸 나무를 손에 넣기 위해 벌채를 시작했다.

"그럼 우리도 이 근처에서 채집 포인트를 찾아볼까?"

나와 마기 씨, 클로드는 수해 에리어의 채집 포인트를 찾기 시작했다.

"후훗, 윤네가 즐거워 보여서 다행이야."

"너무 멀리 가면 적 MOB이 덤벼들 거다~."

세이 누나와 미카즈치는 그런 우리를 지켜보며 주위에 적 MOB이 나타나지 않는지 경계해주었다.

"오, 업데이트로 추가된 약초가 있네."

"이 수해 에리어에서는 금속이나 보석 계열 소재를 기대할 수 없겠어. 이렇게 된 이상 적 MOB이 드롭하는 소재 쪽을 기대할 수밖에 없으려나?"

"흐음. 채집 포인트인 나무 옹이구멍에는 흥미로운 소재가 모여 있군."

나와 마기 씨가 지면의 채집 포인트에서 소재를 손에 넣은 한편, 클로드는 큰 키를 이용해서 나무 옹이구멍을 들여다보고는 옹이구멍 안에서 무언가를 꺼내고 있었다.

"클로드, 그 하얀 건 뭐야?"

"[별가루 누에의 고치구슬]이라는 아이템인 것 같군. 잘 만 모으면 괜찮은 옷감을 만들 수 있을지도 몰라."

이미 우화해서 찢어진 고치이긴 하지만, [연금] 센스의《상

위 변환》 스킬을 이용해 섬유로 만들면 아름다운 실을 뽑아 낼 수 있을지도 모르겠다.

햇빛에 비춰보니 고치구슬이 코팅한 것처럼 반짝였다. 클로드는 그게 마음에 들었는지, 미소를 지으며 인벤토리에 집어넣고는 다른 옹이구멍에도 고치구슬이 있는지 찾기 시작했다.

"다들, 나무가 쓰러지니까 조심해~!"

나무를 벌채하고 있던 리리가 나무에 마지막 일격을 날리자 나무가 우득우득 소리를 내며 쓰러졌다.

수해 에리어에 나무가 쓰러지는 소리가 울려 퍼진 직후, 내 [간파] 센스가 반응을 보였다.

"윽?! 뭔가 온다!"

나무 사이를 지나 날아오는 존재를 눈치채고는 돌아보았다.

사람 정도 크기의 올빼미형 MOB이 소리 없이 맹렬한 속도로 나무 사이를 통과하며 날아들고 있었다.

눈치챘을 때는 이미 눈앞까지 다가온 상태. 이쪽을 향해 다리를 들어 올리고는 날카로운 발톱을 들이댔다.

날아드는 발톱을 [하늘의 눈]으로 천천히 느끼며, 피하려고 몸을 틀었다.

"앗?!"

"윤 군?!"

이끼가 낀 지면에 발이 미끄러져 버렸다. 나는 엉덩방아를 찧은 채 눈앞으로 다가온 올빼미를 올려다보았다.

 그 직후, 주저앉아 있던 내 머리 위를 막대기 형태의 무언가가 통과해 정면에서 덤벼들던 올빼미를 가격했다.

 "어……, 으엇?! 미카즈치!"

 "그래서 내가 주의를 줬잖아? 적 MOB이 덤벼들 거라고 말이야."

 미카즈치는 엉덩방아를 찧은 내 뒤에서 육각곤으로 섀도우 오울을 찔러 떨어뜨린 다음, 땅바닥에 한 번 더 추가타를 가해 빛의 입자로 만들었다.

 그와 동시에 마기 씨와 리리에게도 소리 없이 덤벼들었던 섀도우 오울들이 세이 누나의 마법으로 인해 얼어붙은 채 땅바닥에 떨어지며 빛의 입자가 되어 사라졌다.

 "다가와 있었는데 눈치채지 못했어……."

 "뭐, 그게 섀도우 오울의 특징이니까."

 미카즈치는 나를 끌어당겨서 일으켜 세운 다음, 섀도우 오울에 대해 설명해 주었다.

 올빼미형 MOB인 섀도우 오울은 무음 비행이 가능하고, 뛰어난 은밀 능력으로 인해 플레이어의 발견 계열 센스에 저항하며 기습을 가한다고 한다.

 "호오……, 그래서 드롭 아이템이 [그림자 올빼미의 바람을 가르는 깃털]이구나."

 세이 누나와 미카즈치가 쓰러뜨린 섀도우 오울의 드롭 아이템을 인벤토리에서 꺼내 실제로 들어보았다.

깃털에는 자잘하게 뾰족뾰족한 소음 기구로 보이는 게 있었고, 그것 덕분에 조용히 날 수 있는 듯했다.

"이걸 화살 합성 소재로 쓰면 좀 더 들키지 않게 되려나?"

[셰이드 진한 녹색 염료]의 인식 저해와 [그림자 올빼미의 바람을 가르는 깃털]의 소음 효과를 합치면 어떻게 되려나.

"은근슬쩍 무시무시한 말을 하네. 윤 아가씨의 장거리 사격에 은밀성이 더해지면 스나이퍼로서 무서운 존재가 되겠는데."

미카즈치는 예전에 우리와 싸웠던 GVG(길드 버서스 길드) 때 내게 저격당해서 고생했던 기억을 떠올리고는 표정으로 질색했다.

"나는 이 깃털을 잔뜩 모아서 깃털 빗자루를 만들고 싶은데. 깎아내고 남은 나무 부스러기를 치우는 데 딱 좋을지도 모르겠어."

"내 입장에선 너무 단단하고 튼튼해서 깃털 그대로 써먹기는 힘들겠군. 뭐, 좀 전에 얻은 고치구슬로 실을 만들 수 있을 테니 그쪽을 연구해볼까."

리리와 클로드도 나와 마찬가지로 새도우 오울의 깃털을 들고 있었다.

"새로운 생산 소재를 즐기는 것도 좋긴 하지만, 원래 목적인 스프리건 에이프 토벌도 잊으면 안 돼. 몸도 풀 겸 수해의 MOB이 드롭하는 아이템을 모으면서 가보자."

마기 씨의 말에 원래 목적을 떠올린 우리는 세이 누나와 미카즈치의 도움을 받으며 수해 에리어를 탐색하기 시작했다.

수해 에리어에서는 기습을 가해왔던 섀도우 오울 말고도 세 종류의 MOB과 마주쳤다.

첫 번째 적 MOB은 습지 에리어에서 나무로 의태하던 강한 MOB의 아종인 올드 토렌트였다.

습지 에리어에 나타나는 토렌트보다 전체적으로 스테이터스가 높지만, 기본적인 행동 패턴에는 거의 바뀐 게 없었기에 문제없이 쓰러뜨릴 수 있었다.

두 번째 적 MOB은 플레이어의 발소리를 듣고 땅속에서 나타난 두더지형 MOB인 그랜드 몰이었다.

중형 MOB 정도 크기의 그랜드 몰은 날카로운 발톱으로 지표면의 흙을 파내고 지면에서 상반신만 내밀고는 우리와 맞섰다.

"좋았어, 가자!"

"으음. 두더지의 모피를 얻어야겠어!"

눈이 보이지 않는 건지 코를 움찔거리며 플레이어가 있는 위치를 파악하던 그랜드 몰이 우리에게 덤벼들었다.

그랜드 몰의 행동 패턴은 발톱으로 할퀴는 공격과 토속성 마법뿐이었다.

하지만———.

"———《궁기 · 단발 꿰기》! ……어어?!"

장궁으로 날린 화살이 그랜드 몰의 앞다리에 맞았지만,

그 윤기 있는 모피로 인해 가로막혔다. 나는 놀라며 목소리를 냈다.

그리고———.

"큭, 꺄악!"

"마기찌, 괜찮아?!"

전투 도끼를 들고 정면으로 덤벼든 마기 씨가, 그랜드 몰이 휘두른 앞다리에 밀려서 멀리 튕겨 나가 버렸다.

"괜찮아! 그런데 공격력과 방어력이 꽤 높네. 생김새 때문에 속았어."

그랜드 몰은 코를 움찔거리는 귀여운 몸짓, 벨벳처럼 윤기 있고 보들보들할 것 같은 털, 그리고 둥그스름한 형태 때문에 적 MOB인데도 사랑스러운 느낌이다.

하지만 실제로는 이동 속도가 느리긴 해도 물리 공격력과 방어력이 뛰어난 MOB이었다.

"두더지는 흙 속을 파고 다닐 필요가 있으니까 앞다리와 가슴 쪽 근육이 발달되는 것 같더군. 그걸 반영한 형태로 상반신 부분의 방어력이 높은 거겠지."

"두더지는 마초구나."

클로드가 두더지 상식을 선보이자 리리가 맞장구를 쳤다.

"자자, 좀 도와줄 테니까 힘내라고."

"마기도 대미지를 입었으니까 회복하자. ———《하이 힐》!"

단순한 공격력 때문에 고전하던 우리를 미카즈치와 세이 누나가 도와주러 나섰다.

미카즈치가 어그로를 끌며 그랜드 몰의 공격을 유도했고, 세이 누나에게서 회복 마법을 받으며 싸워나갔다.

그랜드 몰의 앞다리와 가슴 쪽 방어력이 높았기에 제대로 대미지를 줄 수 없는 리리는 머리와 등 같은 급소를 노리며 공격했다.

나는 ATK 인챈트를 걸고 리리와 마찬가지로 대미지가 잘 통하는 부위를 《식재료의 소양》으로 찾아내 노렸다.

그렇게 시간이 좀 걸리긴 했지만 그랜드 몰을 쓰러뜨린 결과, 큰 두더지의 발톱과 모피, 두 종류 아이템이 드롭되었다.

"흐음. 이거 촉감이 꽤 좋은데."

"왠지 기분이 좋아서 계속 볼을 비비고 싶어져."

클로드는 인벤토리에서 벨벳 같은 모피를 꺼내 촉감을 확인했고, 리리가 그 모피에 볼을 비비며 기분 좋은 듯이 눈을 가늘게 뜨고 있었다.

세 번째 적 MOB은 이블 라쿤이라는 개 정도 크기의 라쿤형 MOB으로, 세 마리에서 다섯 마리까지 무리를 지어 수해 나무를 방패 삼으며 다가왔다.

평지에서 싸우거나 직선으로 다가왔다면 곧바로 화살을 날릴 수 있겠지만, 좌우로 움직였기에 조준하기가 힘들었고 나무 뒤에 숨으면 화살로 맞출 수가 없었다.

그리고———.

"우웃?! 숫자가 늘어났어! 아니, 가짜구나!"

나무 뒤에 숨은 이블 라쿤이 나무 뒤에서 튀어나오며 두 마리로 늘어났고, 그중 한 마리에게 반사적으로 화살을 맞추자 하얀 연기가 피어오르며 나뭇잎이 솟구쳤다.

그렇게 나무에 숨어 가짜로 미끼를 내세운 이블 라쿤이 접근해서 몸통박치기를 걸거나 곤봉처럼 단단한 꼬리를 휘둘러댔다.

"귀엽게 생겼는데 움직임이 장난 아니야!"

거리가 가까웠기에 무기를 활에서 해체 식칼로 바꾸고 공격해서 쓰러뜨렸지만, 몸통박치기나 꼬리 공격을 몇 번 맞아서 은근히 대미지를 입어버렸다.

이블 라쿤의 분신은 처음 봤을 땐 대처가 어려웠지만, 두 번째 이후로는 차분하게 [간파] 센스로 찾아내서 접근하기 전에 숫자를 줄일 수 있었다.

우리는 그렇게 수해 에리어를 나아가다가 드디어 찾던 적 MOB———, 스프리건 에이프를 발견했다.

땅바닥에 앉은 몸길이가 4미터 이상에 털이 하얀 거대 원숭이.

"어떻게 할래? 모처럼 토벌 퀘스트를 하러 왔으니 네 명이서만 실력을 시험해 보겠어?"

미카즈치가 긴 팔로 등을 긁고 있는 스프리건 에이프를 바라보며 물었다.

세이 누나와 미카즈치는 스프리건 에이프 토벌에는 나서지 않고 지켜보려는 모양이었다.

"우리 넷이서 도전해보는 것도 괜찮을 것 같긴 한데, 어때?"

"나는 해보고 싶어. 세이 씨랑 미카즈치 씨가 뒤에서 대기하고 있다면 안심하고 온 힘을 다해 부딪혀볼 수도 있으니까."

마기 씨의 말에 나와 리리가 마찬가지로 고개를 끄덕였고, 그렇게 넷이서 도전하게 되었다.

"다들 힘내!"

우리는 세이 누나에게 응원을 받으며 스프리건 에이프에게 도전했다.

"그럼, 간다. 《존 인챈트》———, 어택, 디펜스, 스피드!"

나는 나와 마기 씨, 리리에게 3중 인챈트를 걸고 공격을 준비했다.

"《커스드》———, 어택, 디펜스, 스피드! ———《궁기 · 단발 꿰기》!"

아직 우리를 눈치채지 못한 스프리건 에이프에게 커스드를 건 다음, 일어서서 돌아본 순간에 아츠로 화살을 날렸다.

『호호홋, 키이이이이익———!』

송곳니를 드러내며 날카로운 위협 소리를 낸 스프리건 에이프의 어깨에 화살이 꽂혔다. 일어선 몸에 어색한 움직임이 생겨났다.

"[마비]가 성공했어! 바로 공격해!"

그와 동시에 마기 씨와 리리가 뛰어들었고, 클로드도 지팡이를 들어 올렸다.

"윤 군, 나이스. 간다, 하아아앗!"

[마비] 상태이상을 합성한 화살을 맞고 움직임이 둔해진 스프리건 에이프에게 마기 씨가 전투 도끼를 내리쳤다.

물리 공격에 특화된 마개조 무기로 날린 풀스윙은 체격이 두 배 이상 큰 스프리건 에이프를 밀쳐내고 엉덩방아를 찧게 만들었다.

곧바로 리리가 거기에 접근해서 두 손에 든 단검으로 빠르게 공격해 나갔다.

『키이이이이익———.』

그 공격을 꺼린 스프리건 에이프는 마비로 둔해진 몸임에도 채찍처럼 긴 두 앞다리를 휘둘러 공격했지만, 두 사람은 재빨리 물러났다. 그리고 그 순간을 나와 클로드가 노렸다.

"———《마궁기 · 환영의 화살》!"

내가 날린 화살이 붉은 꼬리를 끌고, 그 꼬리에서 분열된 마법의 화살 다섯 발이 스프리건 에이프의 몸에 명중했다.

"———《다크 스피어》!"

클로드는 들어 올린 지팡이로 어둠의 창을 날려 대미지를 입혀나갔다.

"아직 멀었어, 하아아앗!"

나와 클로드의 원거리 공격에 한순간 움츠린 스프리건 에이프를 향해 마기 씨가 다시 뛰어들었다.

꽤 괜찮은 속도다. 커스드와 마비를 비롯한 상태이상 화살을 여러 종류 날려 덮어씌우며 HP를 8할까지 깎아냈다.

이대로 가면 쓰러뜨릴 수 있을 것 같지만, 보수인 퀘스트 칩 개수를 감안하면 너무 약한데.

그리고 그런 불안한 마음을 떠안은 채 HP를 7할 이하로 깎자 기어코 [마비] 상태이상이 걸리지 않게 되었다.

"마기 씨, 리리! 슬슬 [마비]가 끝날 거예요!"

"알겠어. 일단 물러나서 상황을 지켜볼게!"

"알았어!"

마기 씨와 리리가 일단 공격을 멈추고 스프리건 에이프로부터 거리를 벌렸다.

기습적인 선제공격부터 계속 우리 페이스였기에 완벽한 상태인 스프리건 에이프의 움직임은 예상할 수 없다.

그 때문에 상대방의 능력을 확인하기 위해 거리를 두고 경계했다.

『호호홋, 키이이이이익———!』

발작을 일으킨 것처럼 땅바닥을 앞다리로 거세게 내려친 다음, 앙칼진 위협 소리를 낸 스프리건 에이프는 다음 행동으로———, 도주를 선택했다.

●

"……어어?"

전혀 예상하지 못했던 전개였기에 내가 이상한 목소리를 냈고, 마기 씨와 다른 사람들도 멍해졌다.

4미터가 넘는 거대 유인원이 근처 나무 위로 뛰어올라 가

법게 나무들을 타고 넘어가며 눈 깜짝할 사이에 수해 에리어 안쪽으로 도망친 것이다.

그리고 수해에는 우리를 비웃는 듯한 앙칼진 울음소리가 메아리치고 있었다.

"도, 도망쳤어어어어어?! 어? 왜?!"

"잠깐만, 쫓아가야지! 쫓아가야 해!"

"뭐, 기다려 봐. 진정하라고!"

정신이 번쩍 든 마기 씨와 리리가 쫓아가려고 한 발짝 내디뎠지만 클로드가 말렸다.

그런 우리를 보고 세이 누나가 어깨를 살짝 떨고, 미카즈치가 소리를 억누르며 큭큭큭 웃고 있었다.

"세이 누나, 미카즈치. 혹시 이 토벌 퀘스트 내용을 알고 있었어?"

"그래, 하지만 처음이니까 스포일러는 하지 않을게. 미안해."

"뭐, 도움이 필요하면 말하라고. 그때까지는 지켜볼 테니까."

나는 그렇게 말하며 유쾌하게 웃는 미카즈치에게 눈을 흘겼다.

하지만 스프리건 에이프가 수해 안쪽으로 도망쳐버렸기에 이러고 있을 시간도 아깝다. 살짝 한숨을 쉬며 눈을 돌렸다.

"대미지를 입혀놨잖아. 회복하기 전에 추격하자. 리리는 안내 부탁해."

"알겠어. 저쪽으로 도망쳤었지!"

곧바로 클로드가 도망친 스프리건 에이프를 추적하기 위해 파티의 지휘를 맡았다.

나아가다 보니 가끔씩 나무 위에서 내려온 건지 이끼가 낀 땅바닥에 스프리건 에이프의 발자국이 남아 있었기에 방향을 놓칠 일은 없었다.

하지만 묘한 위화감이라고 해야 하나, 기분 나쁜 느낌이 들었다.

(생각보다 약한 느낌인데. 일정 이상 대미지를 입히면 도망치는 적 MOB으로서는 적당한 난이도인가? 굳이 퀘스트 내용에 한 마리당 보수를 적어둔 건 왜일까, 다른 스프리건 에이프도 보이지 않고…….)

왠지 스프리건 에이프에게 유도당하고 있는 것 같았다.

그리고 발자국을 따라가 보니 수해에 삼켜진 유적을 발견했다.

"이 안으로 도망친 건가?"

마기 씨가 무너진 유적에 뚫린 구멍을 통해 안을 들여다보았다.

천장이 무너진 유적 중심에는 스프리건 에이프가 처음 발견했을 때와 마찬가지로 앉은 채 이쪽으로 등을 돌리고 있었다.

"HP는 이미 회복된 건가? 하지만 여기까지 왔으니 이번에는 도망치지 않겠지."

싸우기 딱 좋은 유적에서 기다리고 있던 스프리건 에이프를 이번에야말로 쓰러뜨리기 위해 공격을 개시했다.

좀 전과 마찬가지로 마기 씨와 리리가 전위를 맡고, 나와 클로드가 후위에서 사격과 마법으로 지원.

세이 누나와 미카즈치가 우리를 지켜보는 와중에 다시 스프리건 에이프와 전투가 시작되었다.

행동 패턴이 좀 전과 똑같았기에 초반에는 고전하지 않고 대미지를 입힐 수 있었다.

계속 뭔가 마음에 걸리는 듯한 위화감을 받으면서도 스프리건 에이프의 커다란 몸에 화살을 날려댔다.

상태이상을 쓰지 않고 싸워보니 스프리건 에이프의 원래 움직임은 꽤 특이했다.

유적 바닥을 굴러서 거대한 몸집으로 짓누르려 하거나 긴 두 앞다리로 내려치는 공격, 채찍처럼 두 앞다리를 번갈아 휘둘러서 할퀴는 공격, 전위 뒤쪽으로 파고드는 도약 등, 독특한 움직임으로 우리를 휘두르려 했다.

그럼에도 불구하고 왠지 모든 행동에 힘을 모으는 듯한 예비 동작이 있었기에 피하는 건 비교적 간단했다.

그렇게 HP가 다시 7할 아래로 떨어지고———.

『호호홋, 키이이이익———!』

대미지를 입히는 앙칼진 포효를 내지르자 전위인 마기 씨와 리리가 충격파로 인해 후퇴했다.

그때, 위쪽 무너진 천장에서 스며들던 빛이 가려졌다. 올려다보니 큼직한 그림자가 떨어져 내려오는 걸 눈치챘다.

『키키키이이이이이익———!』

"말도 안 돼……, 두 마리라니……."

남은 HP가 7할 정도인 두 번째 스프리건 에이프가 갑작스럽게 유적의 무너진 천장에서 우리 뒤쪽으로 내려온 것이다.

줄어든 HP를 보니 우리가 처음 마주친 개체인 것 같았다.

"크윽, 커헉———?!"

"크악……!"

뒤쪽에 내려선 스프리건 에이프가 긴 앞다리를 좌우로 휘두르자 나와 클로드가 동시에 날아가 유적 바닥을 굴렀다.

제대로 기습당해 혼란스러워하면서도 일어선 나는 세이 누나와 미카즈치에게 물어보았다.

"세이 누나, 미카즈치?! 이거!"

두 번째 스프리건 에이프의 등장에 맞춰서 피해 있던 세이 누나는 걱정스러운 듯이 나를 바라보았고, 미카즈치는 신이 나서 우리를 응원했다.

"윤! 힘들면 말해! 바로 도와줄 테니까!"

"스프리건 에이프 두 마리하고 넷이서 할 수 있을 때까지 해봐!"

두 사람의 응원을 받고 반쯤 자포자기하는 심정으로 스프리건 에이프 두 마리를 노려보았다.

"정말, 이런 내용이었냐고! 알고 있었다면 고르지도 않았을 텐데!"

이 퀘스트는 스프리건 에이프를 추적해서 쓰러뜨리는 게 아니라 유도당해 도착한 유적에서 스프리건 에이프 두 마리와 동시에 싸우는 토벌 퀘스트였던 것이다.

보조 보수인 퀘스트 칩을 한 마리 분량만 적어둬서 퀘스트 내용을 헷갈리게 하고 플레이어들이 난도를 낮게 판단하게끔 만든 것이다.

함정 같은 토벌 퀘스트 내용에 대해 내가 혼자서 투덜대고 있자니 옆에 있던 클로드가 표정을 굳혔다.

"가운데로 튕겨 나와서 위치가 위험하군. 포위당했다……."

기습을 당해 유적 가운데로 몰리게 된 우리 앞뒤를 스프리건 에이프 두 마리가 둘러싸고 있었다.

"제일 먼저 할 것은 진형을 다잡는 거다! 이 포위를……, 끄악!"

""──클로드(클로찌)?!""

클로드가 지시를 내리자마자 맞서고 있던 스프리건 에이프가 앞다리를 휘둘렀다. 거기에 맞아 클로드의 HP가 대폭 깎였다.

그리고 공격당한 클로드를 살펴보려고 돌아선 마기 씨와 리리에게 다른 스프리건 에이프가 덤벼들어서 단숨에 파티의 태세가 무너졌다.

"큭, 어떻게 해야──."

클로드는 기습과 지근거리에서 당한 타격 때문에 HP가 0이 되었다.

마기 씨는 전투 도끼의 측면을 방패 삼아 버티고 있지만, 두 스프리건 에이프의 공격으로 인해 서서히 대미지가 축적되기 시작했다.

나와 리리가 어떻게든 앞뒤의 포위에서 벗어나려고 빈틈을 노렸지만────.

『호호홋, 키이이이이익────!』

"크윽, 이 진동은, 움직일 수가 없어……."

"이거, 우리, 답이 없을지도 몰라……."

뒤쪽에 있던 스프리건 에이프가 양쪽 앞다리를 불규칙적으로 땅바닥에 내려치며 우리 발치를 흔들어서 움직임을 막았다.

그리고 정면에 있던 스프리건 에이프가 양쪽 주먹을 꽉 쥐고 들어 올렸다.

발치가 흔들려서 피하지 못하고 그 꽉 쥔 양 주먹에 짓눌린 나와 리리의 HP가 0이 되었다.

암전된 시야 속에 [소생약] 사용 선택지가 떴고, 'YES'를 선택하자 곧바로 소생할 수 있었다.

먼저 쓰러진 클로드와 리리도 가지고 있던 [소생약]으로 부활했다. 하지만……, 회복량이 최대 HP의 10퍼센트 정도였다.

"회복량이 너무 적잖아?! 앗, 그렇군! 회복량 제한────,

끄악?!"

　예상보다 회복량이 적어서 동요한 클로드는 그 빈틈을 찔려서 스프리건 에이프에게 또 맞고 쓰러졌다.

　나와 리리도 포션을 마셔서 회복하며 파티를 다잡으려 했다.

　하지만 앞뒤가 적에게 둘러싸였기 때문에 눈앞에 있는 상대에게 집중하다가 사각에 있는 스프리건 에이프의 공격을 맞고 쓰러지기를 반복했다.

　결국 제일 잘 버티고 있던 마기 씨도 쓰러졌고, 넷이서 사이좋게 쓰러진 다음에 소생, 그리고 일어나서 다시 쓰러지기를 반복하며 답이 없는 상황에 몰려버렸다.

　"젠장!"

　이 상황을 벗어나야 한다. 나는 소생약으로 되살아난 직후에 스프리건 에이프의 공격 범위에서 벗어나려고 뛰기 시작했다.

　머리 위에서 날아든 억센 앞다리를 땅바닥에 구르며 피한 다음, 인벤토리에서 꺼낸 메가 포션을 들어 올리며 마셔서 회복했다.

　"마기 씨나 다른 사람에게서 떼어내서 시간을 벌어야 하는데———."

　재빨리 유적 가장자리로 가서 유적의 벽을 등지고 숨을 골랐다.

　"휴우, 휴우……, 이쪽이야!"

나는 어떻게든 맞서려고 장비를 볼프 사령관의 장궁으로 바꾼 다음, 액세서리도 [대신하는 보옥의 반지]를 장비했다.

이걸로 시간을 벌고 마기 씨와 다른 사람들이 태세를 바로잡으면 아직 싸울 수 있다.

"가라! ─────《숏 봄》!"

장궁을 들긴 했지만, 활로는 화살을 매겨서 당기는 동작 때문에 공격이 늦어져 버린다.

나는 속도가 빠른 토속성 마법인《숏 봄》을 마개조 무기에 달린 추가 효과인 [스킬 확산 (수)]를 통해 3배로 늘려서 스프리건 에이프에게 날렸다.

"─────《숏 봄》, 《숏 봄》, 《숏 봄》!"

절박한 상황에서 정신없이 날려댔지만, 자동 유도 효과가 있는《숏 봄》은 궤도를 수정하며 스프리건 에이프의 거대한 몸집에 차례차례 맞기 시작했다.

[스킬 확산 (수)]로 늘어난 마법의 연타. 스프리건 에이프의 몸이《숏 봄》의 폭발로 인한 노르스름한 연기에 뒤덮였지만─────.

『호호홋, 키이이이이익─────!』

한 마리가 연기를 날려버리는 포효를 내질렀고, 그 포효로 인해 움직이지 못하게 된 나를 향해 다른 한 마리가 돌진해왔다.

"큭, 커헉……."

몸통박치기에 맞고 날아가서 유적의 벽에 부딪혔다. 튕겨 나온 충격으로 인해 땅바닥에 쓰러졌지만, [대신하는 보옥의 반지] 덕분에 대미지는 무효화시킬 수 있었다.

"윤 군, 피해!"

소생약으로 부활한 마기 씨의 목소리를 듣고 고개를 들어 보니 포효한 스프리건 에이프가 도약해서 나를 짓밟으려 하고 있었다.

"윽?! ———《섀도우 다이브》!"

나는 급하게 [잠복] 센스의 긴급 회피 스킬인 《섀도우 다이브》를 사용해서 도약한 스프리건 에이프의 그림자 속으로 숨어 공격을 피했다.

"위험하네. 방금 그걸 맞았으면 당했을 거야."

내 MP가 빠르게 줄어드는 와중에 소생약으로 부활한 마기 씨 일행이 포션으로 완전히 회복했다.

"좋아, 나도 가볼까!"

그림자 속에서 《식재료의 소양》 스킬을 발동시키자 스프리건 에이프의 등에 급소 마커가 나타났다.

"———가라! 《궁기 · 갑옷 뚫기》!"

그림자 속에서 뛰쳐나온 나는 그림자의 주인인 스프리건 에이프 등에 지근거리에서 화살을 박아넣었다.

마개조 무기에 부여된 [이중 전기]로 인해 연속으로 같은 아츠가 두 번 날아갔다.

《궁기 · 갑옷 뚫기》의 방어 무시와 방어력 저하의 효과로 인해, 급소를 노린 두 번째 아츠는 큰 대미지를 입혔다.

하지만 내 저항은 거기서 끝났다.

『호호홋, 키이이이이익———!』

스프리건 에이프는 두 마리 있었고, 한 마리에게 큰 대미지를 입혔지만 발동 직후의 빈틈을 다른 한 마리가 노린 것이다.

"크으, 이거 놔!"

『우키이이이이이이익———!』

"잠깐, 어! 자, 잠깐만———."

스프리건 에이프에게 잡힌 나는 막 태세를 바로잡은 마기 씨 일행에게 내던져졌다.

공중에서는 저항할 수가 없었고, 마기 씨가 나를 지키기 위해 몸으로 받아냈다.

그 빈틈을 타서 스프리건 에이프 두 마리의 파상 공격이 다시 시작되었다.

원래 마기 씨는 내던져진 나를 피하고 전위로 나서서 수비에 전념해야만 했다.

스프리건 에이프에게 대미지를 입혀서 어그로를 끈 나를 저버리고, 어그로를 리셋시켜야만 했다.

하지만 마기 씨 일행은 내던져진 나를 받아내고 지키기 위해 후위로 물러나게 했다.

그 결과, 진형이 무너지고 어그로 관리가 불완전한 상태에서 스프리건 에이프 두 마리와 맞서 싸우게 되었다.

그래서———.

"안 되겠어! 내게 어그로가 끌려서 또 포위당할 거야!"

나를 노리는 스프리건 에이프가 도약해서 파티 뒤쪽으로 파고들자 협공당하는 상황이 되었다. 처음 태세가 무너졌을 때와 마찬가지다.

좀 전에는 [대신하는 보옥의 반지]가 있었고, MP에도 여유가 있었기 때문에 소생약으로 부활한 뒤에도 약간이나마 태세를 바로잡을 시간을 벌 수 있었다.

하지만 《숫 붐》을 연달아 날리고 《섀도우 다이브》로 긴급 회피하느라 이제 남은 MP가 별로 없다. 폭풍 같은 파상 공격 때문에 포션을 이용한 회복 기회를 번번이 놓친 데다, 억지로 회복하려 해도 포효의 여파로 인해 움직임이 멈춰서 포션병만 깨지고 회복을 방해당했다.

인챈트로 강화할 수도 없고, 회복량이 적은 소생약으로는 다시 일어서도 또 쓰러지게 된다.

그렇게 계속 밀리기만 하는 상태가 계속 이어지는 가운데, 기어코 우리 파티만으로는 태세를 바로잡을 수가 없게 되자———.

"항복! 세이 누나! 미카즈치! 도와줘!"

세이 누나와 미카즈치에게 도움을 요청하자 세이 누나가 지팡이를 들어 올렸다.

"———《아이스 월》, 《아이시클 락》!"

우리를 지키려는 듯이 사방을 둘러싼 얼음벽 네 개가 생겨나고, 한쪽 스프리건 에이프의 발치를 얼음이 둘러싸서 움직임을 막았다.

"세이! 나는 왼쪽 녀석을 맡을게! 아가씨네 파티가 태세를 바로잡으면 한쪽은 맡기고 이쪽으로 와줘!!"

미카즈치는 우리를 지켜주는 빙벽을 부수려고 주먹을 내려치는 스프리건 에이프에게 뛰어갔다. 인벤토리에서 꺼낸 투창을 얼굴 쪽으로 던지며 어그로를 끌었다.

"알겠어. ──《라운드 힐》!"

세이 누나는 빙속성 마법으로 다른 스프리건 에이프를 묶어두고 견제하며 우리와 합류해서 회복 마법을 사용했다.

"미카즈치가 한 마리를 잡아둘 테니까, 바로 이동하자!"

"세이 누나아, 고마워……."

"후훗, 고맙다는 인사를 하긴 아직 이른데."

그렇게 우리는 세이 누나의 안내를 받아 스프리건 에이프 두 마리에게 협공당하지 않을 위치까지 이동해서 인챈트를 다시 걸고 파티의 태세를 바로잡았다.

재정비를 마치자 세이 누나는 다른 쪽 스프리건 에이프를 상대하기 위해 미카즈치와 합류했다.

우리는 스프리건 에이프 두 마리의 움직임이 항상 시야에 들어오게끔 움직였다.

마기 씨는 방어 중심으로 움직이며 스프리건 에이프의 위치를 고정시켰고, 리리는 작은 체격과 빠른 공격으로 히트 앤 어웨이 전법을 반복했다.

나와 클로드는 예비 동작을 통해 도약처럼 위치를 바꾸는 움직임을 미리 알아채고는 강력한 아츠나 스킬을 퍼부어서 저지했다.

그렇게 싸우면서 시야 구석에서 세이 누나와 미카즈치가 싸우고 있는 다른 쪽 스프리건 에이프를 신경 썼다.

두 마리와 동시에 싸울 땐 한 마리의 공격이 다른 한 마리의 빈틈을 메꿔주며 날아들었기에 난이도가 극적으로 올라갔다.

하지만 스프리건 에이프가 한 마리뿐이라면, 예비 동작 같은 빈틈을 통해 여유롭게 싸울 수 있다.

"이걸로 끝이다! 하아아아앗———, 《뇌염폭타》!"

발치가 얼어붙어서 무릎을 꿇은 스프리건 에이프에게 불꽃과 번개를 두른 미카즈치의 육각곤이 날아들었고, 거센 폭발과 방전이 일어났다.

그리고 천천히 뒤로 쓰러진 거대 유인원의 몸이 빛의 입자가 되어 사라지는 모습이 보였다.

『호호홋, 키이이이익———!』

동료가 쓰러지자 우리가 상대하고 있던 스프리건 에이프가 앙칼진 포효를 내지르며 두 앞다리로 기운을 내려는 듯이 가슴을 두드렸다.

"발광 모드에 들어갔으니까 좀 전보다 공격이 더 거세질 거다! 힘내!"

세이 누나, 미카즈치와 합류해서 공격이 더욱 거세진 스프리건 에이프를 공격해 나갔다.

발광 모드에 들어간 스프리건 에이프의 공격은 거셌지만, 전위에 미카즈치가 있다는 안심감과 후위에 들어온 세이 누나의 마법 화력으로 인해 순식간에 HP가 줄어들었다.

"이게 마지막이야!"

『키이이이이익————!』

마지막에는 마기 씨의 전투 도끼가 스프리건 에이프의 몸을 갈랐고, 스프리건 에이프는 앙칼진 비명을 지르며 빛의 입자로 변해 사라졌다.

그렇게 꼴사납고도 불만스러운, 함정 토벌 퀘스트를 달성하게 된 것이다.

5장   개량 소생약과 양봉 상자

스프리건 에이프 두 마리와 전투를 마친 우리는 지친 몸을 질질 끌면서 클로드의 가게인 [콤네스티 카페 양복점]으로 돌아왔다.

"정말, 진짜~, 대체 뭐냐고~. 쉬울 줄 알았는데, 두 마리하고 동시에 싸운다는 이야기는 못 들었잖아."

"그러게~. 정말, 그 부활 직후의 공격은 지독했지."

반성회를 겸한 휴식 때는 내가 테이블에 엎드린 채 불만을 늘어놓았고, 리리가 맞장구를 쳤다.

그 모습을 본 세이 누나와 마기 씨 같은 사람들은 쓴웃음을 짓고 있었다.

퀘스트는 세이 누나와 미카즈치의 도움 덕분에 달성할 수 있었고, 퀘스트 칩도 손에 넣었다.

하지만, 그렇다고 해서 퀘스트의 내용이 납득이 되는지는 다른 문제다.

퀘스트 내용에는 스프리건 에이프를 한 마리 토벌하면 은 칩을 18개 받을 수 있다고 적혀 있었다.

실제로는 스프리건 에이프 두 마리를 동시에 상대해야만 했고, 그 보수도 은 칩 36개———, 한 명당 은 칩 6개다.

은 칩 4개로 금 칩 1개를 교환할 수 있으니 이번 퀘스트는 실질적으로 금 칩 1.5개 난이도의 퀘스트라고 할 수 있다.

"뭐, 상관없지 않아? 윤 아가씨는 이제 목표로 삼았던 개수를 달성해서 [개인 필드 소유권]을 교환할 수 있게 되었는데."

"뭐, 그렇긴 한데……, 역시 납득이 안 돼."

스프리건 에이프와의 전투는 결코 우리가 밀리는 싸움이 아니었다.

하지만 중간부터 다른 스프리건 에이프가 난입한 이후로는 당하기만 했다는 게 불만이었다.

"압도적인 스테이터스 차이 때문에 진 거라면 포기하겠지만, 이번에는 전투 방식 문제랑 포위당했을 때 대책이 없어서 그랬던 거니까 다음에는 좀 더 깔끔하게 싸우고 싶어!"

"뭐, 그렇지. 나도 힘을 충분히 발휘하지 못했던 건 분해."

"나도 윤찌하고 마기찌랑 똑같은 심정이야……."

마기 씨와 리리도 내 의견에 동의해 주었다.

"흐음. 그럼 각자 이번 반성점을 말하고 새로운 아이템을 만들어서 복수전을 목표로 삼도록 하지."

""""찬성!""""

클로드의 제안에 우리가 힘차게 대답하자 미카즈치가 미소를 지으며 지적했다.

"내가 보기에는 위치를 잘 잡고 익숙해지기만 했어도 그 토벌 퀘스트는 넷이서 해결할 수 있었을 거야. 그렇다면 반성할 점을 정리하고 행동을 개선하기만 해도 충분하지 않을까?"

"그래도 이번 전투 때 부족하다고 느낀 점은 다른 강적과 싸울 때도 적용될 테니까. 그런 걸 감안해서 필요하다고 느낀 아이템을 갖추는 게 생산직 플레이어겠지."

미카즈치의 지적을 듣고 클로드가 그렇게 딱 잘라 말하자 우리도 동의한다는 듯이 고개를 끄덕였다.

[개인 필드 소유권] 교환에 필요한 퀘스트 칩이 다 모인 지금, 스프리건 에이프와 복수전을 벌일 이유는 별로 없다.

하지만 생산직으로서는 이번에 발견한 반성점을 해소하고 넘어가야 한다.

그 반성점을 해소할 때까지 [개인 필드]는 미뤄둘 생각이다.

"그럼 결론이 나왔네! 이번 반성점을 살려서 곧바로 새로운 아이템을 생각해보자."

마기 씨가 진행을 맡아, 우리는 좀 전에 벌인 전투의 반성점을 말하기 시작했다.

· 전투 쪽 문제로는 포위당했을 때 유리한 위치로 빠르게 이동하지 못했던 점.

· HP가 0이 되어서 쓰러진 뒤에 [소생약]으로 부활했는데도 회복량이 적어서 다시 쓰러진 점.

· 전투직에 비해 스테이터스가 낮기 때문에 입은 대미지가 많았고, 입힌 대미지가 적었기에 전투를 오래 끌게 되어서 소모가 심했던 점.

기본적으로 이렇게 세 가지 문제점이 나왔고, 우리는 그에 대해 하나씩 생각해 나갔다.

"포위된 뒤에는 협공을 당하게 되는 상황이라 전투가 불리해지니까, 처음부터 포위당하지 않게끔 움직이는 게 이상적이긴 하겠지만……."

"힘들었지. 갑자기 점프에서 뒤쪽으로 파고들었으니까. 그리고 포위당하더라도 스테이터스가 높았다면 공격을 맞으면서도 억지로 위치를 바꿀 수 있었을 거야."

생산직 플레이어는 기본적으로 DEX 스테이터스가 높은 경향이 있긴 하지만, 내구도 쪽으로는 그리 높지 않다.

"그렇다면 일시적으로 발을 묶어둘 아이템이 있으면 좋겠네."

"그러고 보니 윤찌의 [클레이 실드]나 [머드 풀] 같은 매직 젬이 발을 묶어두는 데는 제일 좋잖아. 윤찌는 왜 매직 젬을 안 쓴 거야?"

"매직 젬은 키워드 발동 이후에 지연 시간이 있어서. 꺼내서 쓰려고 했는데, 그러기 전에 계속 두들겨 맞아서 그러지 못했어."

리리의 질문에 내가 그렇게 대답하자 마기 씨와 다른 사람들도 납득했고, 아이템 개선점 이야기가 나왔다.

"그렇다면 매직 젬보다 즉효성이 좋은 게 필요하겠네. 그런데 발을 묶어두는 아이템이 새로 나오면 윤 군이 곤란하지 않을까?"

[클레이 실드]나 [머드 풀] 매직 젬과 경합하게 될 가능성을 마기 씨가 걱정했기에 나는 괜찮다고 대답했다.

"매직 젬은 지연 시간이 있어서 즉효성이 미묘하긴 하지만, 설치한 뒤에 기동시켜서 함정으로도 쓸 수 있으니까 차별화가 될 거예요."

내가 그렇게 대답하자 마기 씨는 안심한 듯이 살짝 웃었다.

"그럼 나는 즉효성이 있는 발목 묶기 아이템을 총알로 만들어볼까? 예전에 말했던 특수탄 같은 게 딱 맞을 것 같은데?"

마기 씨는 이미 특수탄으로 비살상 고무탄을 같이 만든 적이 있는 [소재상] 에밀리 양에게 협력을 부탁할 생각인 것 같았다.

나도 돕고 싶지만, 내게는 나만의 생산 분야가 있다.

"그리고 소생약의 회복량에 대해서는 윤이……."

"그쪽은 지금 가지고 있는 해제 소재로 [소생약]을 개량해 볼게. 하지만 낮은 스테이터스를 때우는 건……."

전투를 시작하기 전에 마기 씨와 다른 사람들에게 인챈트를 걸어서 스테이터스를 올리긴 했지만, HP가 0이 되어서 [소생약]으로 부활하면 그러한 강화 효과가 사라져 버린다.

그렇게 강화되지 않은 상태와 낮은 HP로 복귀에서 다시 공격을 당하곤 했으니 좀처럼 태세를 바로잡기가 힘들었다.

"거기에 대해서는 나와 리리에게 생각이 있다."

"나하고 클로찌가 GVG용 군단 아이템을 새로 만들까 하거든. 그거라면 설치해두기만 해도 부서지지 않는 한 효과가 계속 이어질 테고, 윤찌의 인챈트와도 중첩될 거야."

클로드와 리리가 말한 GVG용 군단 아이템이란 검이나 깃발 같은 형태를 지니고 있고, 아군 플레이어의 스테이터스를 올려주는 범위형 오브젝트 아이템이다.

예전에 시치후쿠네 [OSO 어업조합]의 갤리선 완성 축하 선물로 보냈던 풍어기가 거기에 해당된다.

"결론이 나온 모양이네. 혹시 부족한 소재가 있다면 말해 줘. 우리가 모아올게."

"기분전환도 할 겸, 모험을 하고 싶을 때는 [팔백만]의 길드 홈으로 오도록 해. 내가 있을 때는 도와줄 거고, 없더라도 누군가가 도와줄 거야. 그리고 새로운 아이템을 만들면 우리에게도 팔아주고."

우리 생산직의 목표가 정해지자 세이 누나와 미카즈치가 협력해주겠다고 하면서 아이템을 주문했기에 웃음이 나왔다.

[콤네스티 카페 양복점]에서 반성회를 마친 우리는 그곳에서 해산했다.

세이 누나와 미카즈치는 [팔백만]의 길드 홈으로 돌아갔고, 리리와 클로드는 곧바로 카페 안쪽에 있는 클로드의 공방에서 군단 아이템에 대해 의논을 한다고 했다.

"윤 군, 갈까?"

"네! 프렌드 통신으로 연락을 해둘게요."

그리고 나와 마기 씨는 [소재상] 에밀리 양의 공방으로 향했다.

나는 개량형 [소생약]을 만들기 위해 주문했던 [피의 보주]를 받으러, 마기 씨는 특수탄 제작 협력을 부탁하러 간다.

여러 번 와봤는데도 아직도 길을 헤맬 것 같은 뒷골목에 있는 작은 공방으로 들어가자 분해로와 연금솥 앞에 에밀리 양이 서 있었다.

"……윤 군, 마기 씨, 어서 오세요."

미리 가게로 가겠다고 프렌드 통신으로 연락을 해두었기에 문을 열자 에밀리 양이 미소를 지으며 맞이해 주었다.

"에밀리 양, 안녕. 저번에 부탁했던 [피의 보주]를 받으러 왔어."

"그거라면 예비까지 포함해서 다섯 개를 만들어두었어. 대금은 250만G야."

나는 에밀리 양에게 대금을 지불하고 [피의 보주] 다섯 개를 받았다.

"드디어 개량형 [소생약]을 만드는구나. 혹시 드디어 [개인 필드 소유권]을 교환해서 [문 드롭]을 재배할 계획을 세운 거야?"

"토벌 퀘스트를 받았을 때, 회복량이 낮아서 부활한 직후에 다시 쓰러져버렸거든. 복수전을 위해서 만들까 하는 거야."

사실은 [개인 필드 소유권]으로 만들어낸 고원 에리어에서 [문 드롭]을 재배해서 숫자를 늘린 다음에 소생약을 개량할 생각이었다.

하지만 스프리건 에이프 상대로 꼴사나운 전투를 벌였기에, 복수전이 성공할 때까지는 교환을 미뤄둘 생각이다.

에밀리 양하고 잡담을 마친 마기 씨가 이야기를 꺼냈다.

"에밀리. 내게 협력해주지 않을래?"

"협력요?"

"그래, [총] 센스에 쓸 수 있는 새로운 특수탄 개발에 힘을 빌려줬으면 해!"

마기 씨가 그렇게 말하자 에밀리 양은 나와 마기 씨의 얼굴을 번갈아 가며 보다가 좀 전에 나온 복수전 이야기가 마기 씨와도 관련이 있다는 걸 눈치챘다.

"알겠어요, 도와드리죠."

"고마워, 에밀리!"

마기 씨는 고무탄에 이어서 만들 새로운 특수탄의 컨셉을 에밀리 양에게 설명해 나갔다.

"발목 묶기용 특수탄인가요……, 그거라면 코카트리스 소재가 있으니까 가능하려나……."

마기 씨의 설명을 듣고 에밀리 양의 머릿속에는 확실하게 효과가 있는 특수탄의 이미지가 굳어진 모양이었다.

이제 마기 씨와 에밀리 양만 있어도 발목 묶기용 특수탄을 만들어낼 수 있을 것 같았기에 살짝 양해를 구한 다음, [소재상] 공방을 나선 나는 [아트리엘]로 돌아갔다.

●

　[아트리옐]로 돌아온 나는 개량형 소생약을 만들기 위해 소재를 확인해 나갔다.

　"사용할 소재는 메가 포션에 사용하는 [약비초]하고 MP 포트에 사용하는 [혼백초]. 달인 약초를 졸여서 만든 [생명의 물]. 그리고 [도등화 꽃잎]……."

　여기까지는 기본적으로 평소에 만드는 [소생약]에 들어가는 소재다.

　거기에 회복량 제한을 해제하기 위한 소재 후보도 추가로 늘어놓았다.

　"혈액 아이템하고 [요정의 비늘가루]. 그리고 [문 드롭]하고……."

　노점 같은 곳에서 사 모은 다양한 종류의 MOB 혈액 아이템과 에밀리 양에게 만들어달라고 했던 [피의 보주].

　가끔씩 [아트리옐]에 놀러 오는 장난꾸러기 요정이 떨어뜨리고 가는 [요정의 비늘가루].

　그리고 합성 MOB인 쿨러 젤이 차갑게 식혀준 쇼케이스 안에서 키운 문 드롭 화분을 놓았다.

　알뿌리부터 키운 문 드롭은 줄기와 잎이 자랐고, 줄기 끝에는 희미하게 빛나는 푸르스름한 꽃이 피었다.

　얇게 겹쳐진 꽃잎이 길게 자라 이룬 큼직한 꽃은 아직 벌어지지 않은 안쪽 꽃잎이 무언가를 감싸듯 둥근 형태를 띠고 있었다.

푸르스름한 색 때문인지, 아니면 안쪽의 벌어지지 않은 꽃잎이 만들어낸 둥그스름한 모양이 달을 연상시켜서인지, 신기한 꽃이다.

"예쁘네, 역시 판타지……, 아니, 넋이 나가 있을 때가 아니지."

도서관에서 발견한 자료에는 문 드롭의 이름이 적혀 있었지만, 어떤 부위를 [소생약]의 해제 소재로 쓸 수 있을지는 알 수가 없다.

그걸 확인해야 하기 때문에 화분에서 꽃을 뽑은 다음, 부위별로 잘라서 준비를 해나갔다.

"자, 우선 메가 포션과 MP 포트를 만들어서 그걸 성분 농축기에 넣고 3 대 1 비율로 혼합액을 만들어야지."

나는 작업 순서를 하나씩 확인하면서 개량형 소생약을 만드는 데 필요한 시약을 준비해 나갔다.

다음은 레시피 찾기. 잔뜩 만든 시약에 추가할 해제 소재를 다양한 조건으로 섞어서 최적의 조합 레시피를 찾아보았다.

나는 항상 쓰던 연구용 노트를 꺼내 생각나는 조합을 모두 적어 나갔다.

"음, 추가 소재를 투입할 타이밍도 중요하겠네. [도둥화 꽃잎] 전이냐 후냐에 따라 효과가 다른 건가……, 아니, 그

전에 혼합액을 만드는 단계? 아니면 메가 포션이나 MP 포트를 만드는 단계? 뭐, 그건 나중에 확인해도 되려나."

어떤 혈액 계열 아이템이 가성비 면에서 가장 뛰어날지.

[요정의 비늘가루]를 넣을 때 가장 적합한 양과 타이밍.

문 드롭의 어떤 부위를 소생약의 해제 소재로 쓸 수 있는지.

사용한 해제 소재의 종류에 따른 개량형 소생약의 차이를 조사할 필요성.

알아볼 것이 산더미처럼 쌓였지만, 그것 또한 즐거웠다.

"좋았어, 해볼까!"

그렇게 조건을 하나씩 바꿔가며 [조합]의 자세한 검증 작업을 꼼꼼하게 진행해 나갔다.

지금까지 여러 번 반복해온 공정이기 때문에 익숙한 손놀림으로 조합 결과를 하나씩 적어넣었다.

"일단 파충류 계열 혈액도 시험해봤는데, 전부 실패해서 독약이 되었구나. 뭐, 원래 독이 포함되어 있으니 당연하겠지. 아~, 그런데 [해독약]을 넣어서 중화시키면 어떻게 되지?"

새로 생긴 의문을 노트에 적으며 눈앞에 있는 소재를 하나씩 조사해 나갔다.

"우선 [용종의 피] 중에서는 비룡하고 공룡의 혈액이 가성비 면에는 나쁘지 않은 것 같은데."

메가 포션과 MP 포트 시약에 [용의 피]에 해당되는 혈액 계열 아이템을 섞고, [도등화 꽃잎]을 녹인 [소생약]은 회복량 제한이 해제된 상태였다.

하지만 완전하지는 못했다.

"으음~. 표기된 스테이터스로는 회복량이 떨어졌네."

일반적인 소생약은 부활시 HP를 8할까지 회복시켜주고, 덤으로 일정한 시간마다 HP가 회복되는 재생 효과도 있다.

하지만 [용의 피]를 섞어서 만든 개량형 소생약은 회복량 제한이 완화되긴 했지만, 정작 중요한 소생약의 회복량 자체가 떨어져 버렸다.

"으음~. 혈액 계열 아이템 자체에 뭔가 손을 쓸 필요가 있는 건가?"

혈액 자체에 불순물이 많은 건가? 그렇게 생각하며 마지막으로 에밀리 양이 만들어준 [피의 보주]를 섞기로 했다.

[피의 보주] 표면을 나이프로 깎아낸 분말을 약 봉투에 올린 다음, 무게별로 나누었다.

"[피의 보주] 분말을 얼마나 섞는 게 소생약에 가장 적합할까……."

작은 양부터 순서대로 시약에 [피의 보주] 분말을 섞은 다음 [도등화 꽃잎]을 녹이자 지금까지와는 달리 [진홍의 소생약]이 만들어졌다.

소생약 개량형 [소모품]

[소생] HP + 80%, [재생] HP + 1% / 30초

※회복량 제한은 최대 회복량의 40%까지 감소.

"휴우, 일단 회복 효과를 떨어뜨리지 않고 소생약을 개량시킬 순 있구나."

아이템 스테이터스를 보니 제한 완화에 성공한 것 같았다.

"[소생약]의 해제 소재는 한 종류씩 20퍼센트를 완화시켜 주는 느낌인가?"

한 종류만으로는 완화가 제한적인 것 같았다.

소재 이름을 알아내지 못한 해제 소재도 있긴 하지만, 알아낸 소재인 [용의 피], [요정의 비늘가루], [문 드롭], [선플라워 씨유], 이렇게 네 종류를 전부 넣는다면 원래 회복량을 되찾을 수 있을지도 모르겠다.

우선 노트에는 [용의 피]에 뭔가 손을 쓸 필요가 있다는 점과 [피의 보주]를 대신 쓸 수 있다는 점. 그리고 조합에 가장 적합한 분량이 세 방울이라는 점을 적었다.

"좋아, 다음은 [요정의 비늘가루]인데."

이쪽은 혈액 계열 아이템처럼 종류가 많지 않기 때문에 투입량과 타이밍만 조사해서 실험 횟수가 많지 않았다.

"[요정의 비늘가루]를 많이 얻기 위해서 요정들이 좋아하는 과자라도 만들까?"

나는 그렇게 중얼거리며 오븐으로 구운 버터 냄새에 이끌려 몰려드는 장난꾸러기 요정들을 상상하고는 혼자서 살짝 웃었다.

조사 끝에 알아낸 [요정의 비늘가루]의 가장 적합한 분량은 2그램이었고, 이쪽도 [도등화 꽃잎]을 넣기 전이 가장 적합한 타이밍이라는 걸 알아냈다.

"자, 마지막은 문 드롭인데……, 어떤 부위를 소생약에 쓸 수 있으려나."

갈색 외피를 벗기고 잘게 썬 알뿌리를 시약에 넣었지만, 이쪽은 실패로 끝났다.

아무래도 알뿌리에는 독이 있는 모양인지 독약이 되어버렸다.

"아~, 실패구나. 다음은 줄기를 넣어볼까."

이번엔 줄기나 잎을 각각 달여서 소생약 시액에 섞고, 도등화 꽃잎을 녹이자 소생약의 회복량이 약간 떨어졌다. 제한도 완화되지 않았다.

"줄기하고 잎은 독도 아니고 약도 아니란 말이지……, 그렇다면 남은 건 꽃이네."

줄기에서 잘라낸 꽃, 푸르스름하게 빛나는 그 꽃을 잘게 빻기 시작했다.

중간에 무언가를 감싼 듯이 닫힌 안쪽 꽃잎이 투둑, 찢어지는 듯한 느낌이 약간 들었지만, 아랑곳하지 않고 달인 것을 소생약 시액에 섞어보았는데———.

"……안 되겠네. 회복량이 떨어졌어. 실패는 아니지만, 성공도 아니야."

줄기와 잎만큼 회복량이 떨어지지는 않았고, 일단 회복량 제한이 완화되었다.

그렇다면 문 드롭의 꽃 부위가 해제 소재이긴 할 텐데, 그냥 꽃을 달기만 해서는 안 된다는 뜻이다.

"꽃을 있는 그대로 쓰면 안 된다면, 좀 더 잘게 나눠야 하나?"

눈에 들어온 것은 길게 벌어진 꽃잎과 안쪽에 무언가를 감싸고 있는 듯한 꽃잎의 알맹이다.

꽃을 잘게 빻았을 때 무언가를 뭉갠 듯한 독특한 느낌이 손에 남았던 게 생각났다.

"우선 꽃잎하고 안쪽 꽃잎으로 시험해 볼까."

나는 다른 문 드롭 화분을 공방으로 가져와서 핀셋으로 신중하게 꽃잎을 빼내기 시작했다.

그리고 안쪽으로 닫힌 꽃잎을 신중하게 벌리자———.

"으앗?! 뭐가 넘치는데!"

벌어진 꽃잎 안에서 문 드롭의 꽃과 마찬가지로 희미하고 푸르스름한 빛이 넘치기 시작했다.

그 빛 중심에는 빛과 마찬가지로 푸르스름한 물방울이 존재했다.

내가 핀셋으로 물방울을 찌르자, 문 드롭 꽃잎 틈새로 푸르스름한 물이 넘쳐흘렀다.

"으아, 담을 거, 담을 거!"

척 보기에도 감싸고 있던 꽃잎의 부피를 넘어서는 액체가 넘쳐흘렀기에 나는 급하게 근처에 있던 빈 병에 그것을 담았다.

"척 보기에도 부피를 넘어서는 액체를 머금고 있는 꽃이라니, 이것도 판타지네. 그런데 예쁘다."

꽃잎에서 넘쳐 흐른 액체를 전부 쏟아낸 문 드롭은 푸르스름한 빛이 사라져서 원래대로 하얀 꽃이 되어갔다.

꽃에서 넘친 희미하고 푸르스름하게 빛나는 그 액체는───, [문 드롭 꽃이슬]이라는 이름이었다.

"아마 이게 소생약 소재겠지. 꽃이슬을 채집한 뒤에 빛이 사라졌는데, 다시 부활하려나?"

꽃잎이 뽑히고 빛을 잃은 문드롭 꽃이 약간 쓸쓸해 보였다.

다시 꽃을 피우고 꽃이슬을 머금어주길 기원하면서 화분을 쇼케이스에 다시 넣고, 다른 화분의 문 드롭 꽃에서도 [문 드롭 꽃이슬]을 모으기 시작했다.

그렇게 모은 꽃이슬을 시액에 섞은 결과───, 성공했다.

"좋아, 이번에는 회복량이 떨어지지 않은 [소생약 개량형]이 되었어. 이제 세 종류를 합친 걸로 시험해 볼까."

성공한다면 세 종류의 해제 소재를 사용한 [소생약 개량형]이 회복량 제한이 걸린 상태로도 약 6할의 HP 회복을 기대할 수 있을 것이다.

나는 그런 기대를 품으며 해제 소재를 여러 개 써서 소생약을 만들려 했지만───.

"아~, [요정의 비늘가루]가 부족하네."

[아트리엘]에서 키운 문 드롭에서 채집한 꽃이슬은 꽃 한 송이에서 의외로 많은 양을 얻을 수 있었다.

하지만 [요정의 비늘가루]는 레티아에게 사들였음에도 원래 희귀한 소재라서 부족해졌다.

해제 소재를 세 종류 넣은 [소생약 개량형] 조합을 계속 진행할 수가 없다.

"에휴, 어쩔 수 없지. [피의 보주]를 대신 쓰긴 했지만, 비룡이나 공룡 혈액으로도 [소생약] 해제 소재로 써먹을 수 있는 처리 방법을 찾아볼까."

일단 [아트리엘]의 공방을 깔끔하게 치우고 조합 기록을 정리하고 나서, 나머지 시액으로 사들인 MOB의 혈액 소재와 그것을 가공할 때 쓰는 다양한 소재를 조합해서 검증을 진행해 나갔다.

해독약 같은 것들을 혈액에 섞어보거나 큰 솥에 대량의 혈액 계열 아이템을 끓여보기도 했다.

"윽, 냄새……."

피가 뿜어내는 비린내 때문에 자쿠로는 다가오지도 않았고, 뤼이가 어이없다는 듯이 바라보며 정기적으로 [정화]를 써서 냄새를 날려주었다.

그렇게 꾸준히 소재 조합을 시험해본 결과, 몇 가지 소재의 조합을 발견했다.

"독액 계열 소재를 섞으니 혈액이 분리되었네."

독액 계열 소재란 독 상태이상을 지닌 MOB의 드롭 아이템으로, 독약 대신 쓸 수도 있는 그 소재를 용 계열 혈액에 섞자 찐득한 혈액이 맑아졌다.

거기에 해독액을 섞어서 무독화시킨 다음, 웃물만 떠내자 [용의 용혈]이라는 진홍의 액체 같은 소재가 되었다. 그것이 바로 [피의 보주]를 굳이 대신 쓰지 않고 이용할 수 있는 용의 피였다.

"모조리 시험해서 찾아낸 게 다행이네. 만약에 가지고 있던 소재로 만들 수 없었다면 다시 에밀리 양하고 의논해봐야 했을 테니까."

이것저것 섞어 본 결과, MOB에게 얻은 독액 등에 포함된 출혈독이 용종의 피를 메가 포션과 MP 포트의 혼합액에 잘 어울리는 형태로 만들어주는 것 같다는 예상이 들었다.

"독액의 양 조절을 주의해야겠네."

용종의 피의 양에 비해 독액이 너무 많으면 해독액을 대량으로 넣어서 무독화시키더라도 소생약의 성능이 떨어져 버린다.

반대로 독액의 양이 너무 적으면 혈액의 성질 변화가 불완전해져서 완화 소재인 [용의 용혈]이 되지 않았다.

"그 미묘한 양을 조사해 봐야겠어."

그렇게 되어 가장 적합한 독액의 양을 알아내기 위한 시행착오를 반복했다.

그 결과, 가장 적합한 양이 스포이트로 7방울을 넣어서 섞은 다음, 잠깐 기다렸다가 해독액 17방울을 넣어서 무독화시키는 거라는 사실을 알게 되었다.

"좋아, 이제 해제 소재 세 개를 메가 포션하고 MP 포트의 혼합액에 섞어보고, 각각 투입하는 순서랑 타이밍만 알아내면 [소생약 개량형]이 완성되는데…….”

필요한 사전 조사는 거의 끝났지만, 그것을 만드는 데 필요한 [요정의 비늘가루]가 다 떨어져 버렸기에 그날은 포기하고 로그아웃했다.

●

그날 [아트리엘]에는 아침부터 달콤한 향기가 계속 감돌고 있었다.

나는 아침부터 열심히 과자를 만들고, 그런 나를 뮤우가 [아트리엘]의 가게 카운터 너머로 노려보는 중이었다.

“으으, 윤 언니. 퀘스트 칩을 다 모았으면서 아직 [개인 필드 소유권]하고 교환하지 않은 모양이던데.”

“언니라고 부르지 마. 정말……, 그 이야기는 누구한테 들었어?”

“세이 언니하고 마기 씨한테! 윤 언니가 만들 개인 필드를 기대하고 있었는데!”

뮤우는 그러니 어서 토벌 퀘스트 복수전을 열심히 준비하라고 격려했다. 나는 쓴웃음을 지었다.

“알겠어. 그런데 [소생약 개량형]의 소재가 부족하니까 모아야 하거든.”

“[소생약 개량형]이 새로운 소생약의 이름이야? 부족한 소재가 있다면 모으는 걸 도울게. 그 대신 내게도 좀 팔아 줬으면 하는데."

돕겠다고 나서면서도 [소생약 개량형]을 팔아달라고 부탁하는 뮤우의 약삭빠른 모습에 쓴웃음이 나왔다.

"마음만 받아둘게. 이걸 마치면 모여들 테니까."

"그 과자 만들기가 부족한 소재를 모으는 데 필요한 작업이었어?"

"소재를 손에 넣기 위해 약간의 대가를 만들고 있는 거지. ⋯⋯오, 뤼이하고 자쿠로도 맛보고 싶어? 그래, 조금만이야."

내가 뮤우의 질문에 대답하고 있자니 달콤한 냄새를 맡고 다가온 뤼이와 자쿠로가 과자를 먹고 싶다는 듯 내 옷자락을 잡아당기고 있었다.

이번에 요정들에게 주려고 준비한 과자는 머핀 말고도 쿠키와 초코 케이크, 드라이 후르츠를 섞은 파운드 케이크 등 다양하다.

그것들을 조금씩 뤼이와 자쿠로의 앞접시에 담아주자 뮤우도 먹고 싶다는 듯이 바라보았다.

"뮤우도 맛 좀 볼래?"

"그래도 돼?! 앗싸~!"

나는 맛보기용 앞접시에 한 입씩 과자를 담아주고 쿄코 씨가 끓여준 차를 뮤우에게 내주었다.

"잘 먹겠습니다~! 으음~! 윤 언니가 만든 과자, 맛있다!"

그렇게 과자를 한 입씩 맛보는 듯이 먹은 뮤우는 정말 행복한 듯한 표정을 짓고 있었다.

그리고 그런 과자의 달콤한 향기와 행복해 보이는 분위기에 이끌려, 내가 원하던 존재가 열어둔 창문을 통해 날아들어 왔다.

"얏호~! 달콤한 냄새랑 즐거워 보이는 이야기 소리를 듣고 등장!"

"오, 역시 왔구나. 어서 와."

"오옷?! 윤 언니가 기다리고 있던 상대라는 게 언니의 요정이었구나!"

"내 요정은 아니지만, 뭐, 친구지."

허리에 자그마한 가죽 벨트를 두른 장난꾸러기 요정을 보고 뮤우가 놀라자, 그 장난꾸러기 요정이 내 주위를 날아다녔다.

"과자를 잔뜩 만드는 것 같던데, 오늘은 파티라도 하는 거야?!"

1주년 업데이트 때 상시화된 요정 퀘스트 때 만난 풍속성 장난꾸러기 요정은 제멋대로인 성격이라 가끔 [아트리엘]에 놀러 온다.

레티아처럼 사역 MOB으로 계약을 맺진 않았지만, 내 유쾌한 친구다.

"이봐! 이봐! 오늘은 즐거운 다과회를 하는 거야? 아니면 미리 만들어두려고? 나도 먹어도 돼?"

"일단 진정하라고. 그건 그렇고 진짜 멋들어지게 과자 냄

새에 낚였네."

"뭐라고?! 설마 나를 불러들이기 위해서! 엄청난 책사로군!"

장난꾸러기 요정의 반응을 보고 쓰게 웃으며 요정들을 부르려 한 이유를 설명했다.

"흐으응~, 우리가 떨어뜨리는 [요정의 비늘가루]를 가지고 싶은 거구나. 맛있는 과자를 대가로 준다면 다들 기꺼이 나눠줄 거야!"

나를 믿어! 라는 말이 약간 불안하긴 했지만, 애매하게 웃으며 장난꾸러기 요정에게 줄 맛보기용 앞접시를 들었다.

"자, 장난꾸러기 요정 몫이야. 먹을 수 있지?"

"앗싸~! 과자다~!"

내가 카운터 위에 맛보기용 과자를 내려놓자 장난꾸러기 요정은 기쁨을 온몸으로 표현하며 먹기 시작했다.

감정에 맞춰 등에 달린 날개가 바쁘게 움직였기에, 뮤우가 그 모습을 신기하다는 듯이 바라보며 스크린샷까지 찍었다.

그리고 맛보기용 과자를 깔끔하게 다 먹은 장난꾸러기 요정은 쿄코 씨가 끓여준 차를 요정용 미니 컵으로 즐겼다.

"맛은 어때? 괜찮았어?"

"최고였어! 그럼 나는 다른 요정들을 불러올게! 과자를 준비해둬!"

장난꾸러기 요정이 그렇게 말한 다음 [요정의 비늘가루]를 뿌리며 창문 밖으로 나갔다. 나와 뮤우는 그 뒷모습을 바라보았다.

"돌아오면 또 먹을 생각인가? 뭐, 다른 요정들도 불러와 줄 모양이니 오기 전에 나머지를 마저 만들까."

"있지, 윤 언니. 나도 루카네하고 같이 과자를 먹고 싶은 데……."

"그래, 그래, 나중에 선물로 줄게."

자기 과자를 먹은 뮤우도 약삭빠르게 선물을 요구했기에 적당히 흘려들으며 과자를 다시 만들기 시작했다.

과자를 만들면서 문득 어떤 게 떠올랐다.

"그러고 보니까, 리리의 [개인 필드]에는 바람의 요정이 드나들었던가?"

리리에게도 나와 장난꾸러기 요정 같은 관계가 있다.

그 바람의 요정은 자유롭게 [개인 필드]를 드나들었던 것 같다.

"[개인 필드]에 장난꾸러기 요정이 좋아할 만한 요소도 만들까."

"있으면 즐겁겠네! 요정들이 좋아할 만한 게 뭐지? 꽃밭 인가?"

그렇게 뮤우와 이야기를 나누며 과자 만들기를 마무리 지었고, 양이 충분히 갖춰지자 창문 밖으로 나갔던 장난꾸러기 요정이 다른 요정들을 데리고 돌아왔다.

"[요정의 비늘가루]를 나눠줄 애들을 데리고 왔어~!"

『과자를 준다는 사람이 여기 있어~?』

"고마워. 그럼 우드덱 쪽으로 안내해줄래?"

내가 부탁하자 장난꾸러기 요정은 활짝 웃으며 '나를 따르라~!'라고 말하고는 요정들을 우드덱 쪽으로 안내해 주었다.

나는 다 만든 과자를 뮤우와 쿄코 씨의 도움을 받으며 우드덱 테이블 쪽으로 옮겼다.

작은 요정들이 두 손으로 과자를 끌어안고는 입을 크게 벌려서 맛있게 먹었다.

먹는 동작에 맞춰 날개도 행복한 듯이 살짝 움직이고, 날개가 움직일 때마다 [요정의 비늘가루]가 떨어져서 공간이 반짝반짝해졌다.

그 광경을 본 나와 뮤우가 무심코 스크린샷을 찍고, 쿄코 씨도 함께 훈훈한 눈빛으로 바라보았다.

우드덱에 쌓인 [요정의 비늘가루]를 모으려면 고생 좀 하겠구나라는 생각이 들어서 쓴웃음을 지었다.

나는 좀 전에 먹었는데도 다른 요정들과 함께 또 먹고 있던 장난꾸러기 요정에게 다가가서 방금 생각난 아이디어에 대해 물어보았다.

"저기, 장난꾸러기 요정. 시원한 고원 같은 곳도 좋아해?"

"응? 우리는 자연이 풍요로운 곳이라면 어디든 좋아하는데."

왜 그런 걸 물어보는 거야? 장난꾸러기 요정은 그렇게 말하고 싶은 듯한 표정으로 먹던 쿠키를 끌어안은 채 나를 올려다보았다.

"[개인 필드]를 만들 예정인데, 요정들이 좋아할 만한 요소가 어떤 게 있을까 싶어서."

내가 솔직하게 말하자 장난꾸러기 요정은 쿠키를 먹으며 생각에 잠긴 것 같았다.

"여기 밭처럼 식물을 잔뜩 키우면 되는 거 아닐까?"

"그렇구나……, 가르쳐줘서 고마워."

내가 구상하는 [개인 필드]엔 특색을 좀 더 추가하고 싶다고 생각하고 있었기에 약간 아쉬웠다.

그런 나를 본 장난꾸러기 요정이 뭔가 생각났다는 듯이 말했다.

"그럼, 벌꿀이 있으면 좋겠어!"

"벌꿀?"

내가 되묻자 장난꾸러기 요정이 열변을 토하기 시작했다.

"그래! 요정들이 만드는 [요정향의 화왕밀]은 조금밖에 만들지 못하니까, 인간이 만드는 벌꿀을 먹고 싶어!"

장난꾸러기 요정이 그렇게 말하자 다른 요정들도 기대하는 듯이 나를 보고 있었다.

"벌꿀이란 말이지. 벌꿀은 식재료 아이템으로 써먹을 수 있고, 밀랍은 연고 계열 베이스 크림으로 써먹을 수 있으려나?"

"그뿐만이 아니야! 키울 꽃의 종류에 따라서는 벌꿀을 약의 소재로도 써먹을 수 있다고! 예를 들어 약초 꽃가루로 만든 벌꿀을 넣으면 포션의 성능이 올라가거든!"

장난꾸러기 요정은 가슴을 펴고 으스대는 듯이 말했다.

그러고 보니 예전에 [연령 사칭약] 같은 특이한 포션을 멋대로 만들기도 하는 등, 요정들이 약초와 포션 같은 조합 지식을 가지고 있다는 게 생각났다.

"그렇다면 벌꿀을 채집할 수 있게 만들어도 괜찮으려나? 그런데 어떻게 벌꿀을 만드는데?"

정작 중요한 벌꿀을 채집할 수 있는 환경을 만드는 법을 몰라서 고개를 갸웃거리고 있자니 뮤우가 내 옷소매를 잡아당겼다.

"양봉 상자를 설치하고 주위 환경을 갖춰주면 꿀벌들이 자리를 잡아서 벌꿀을 얻을 수 있는 모양이야."

"양봉 상자를?"

"응! 저번에 미카즈치 씨가 벌꿀주를 만든다는 이야기를 할 때 들은 적이 있거든!"

그 밖에도 요리 계열 길드에서도 양봉 상자를 설치해서 벌꿀을 만들었다는 등 여러 가지 정보를 뮤우가 가르쳐 주었다.

"양봉 상자라……, 그건 [목공] 분야일 텐데, 할 수 있을까?"

"센스가 없어도 양봉가 NPC의 퀘스트 보수로 오브젝트 아이템인 [양봉 상자]를 얻을 수 있대."

"딱 맞춰서 만들어 놓았네."

제2마을에 사는 양봉가 NPC의 의뢰. 분봉이 가까운 벌이

살 나무 주위에 벌꿀을 좋아하는 육식 곤충형 MOB이 나타났기 때문에 그걸 토벌해줬으면 한다는 내용이었다.

그리고 퀘스트 보수로 받게 되는 양봉 상자는 질이 좋은 나무로 만들었기에 분해 후 [연금] 센스의 《상위 호환》 스킬을 이용해서 목재로 되돌리면 꽤 괜찮은 초보 마법사의 지팡이 소재가 된다고 한다.

"윤 언니가 양봉 상자에 흥미를 보이니까, 그 토벌 퀘스트를 받으러 가자~!"

"오~, 우리의 벌꿀을 위하여~!"

뮤우가 제안하자 장난꾸러기 요정이 덩달아 신이 났기에 나는 한숨을 쉬었다.

"왜 뮤우하고 장난꾸러기 요정이 정하는 건데……."

두 사람에게 눈을 흘기는 내 발치로 뤼이와 자쿠로가 다가와 나를 올려다보았다.

같이 나가고 싶은 건가?

"있지, 윤 언니도 같이 가자~. 퀘스트 받으러 가자~."

마지막으로 뮤우가 나를 올려다보며 애원했지만, 소생약을 개량하는 데 필요한 [요정의 비늘가루]를 모아야만 한다.

내가 그렇게 망설이고 있자니 쿄코 씨가 나서서 도와주었다.

"윤 씨. 요정분들 돌보기와 [요정의 비늘가루] 회수는 제가 해둘 테니 나갔다 오셔도 돼요."

"…………고마워, 쿄코 씨. [아트리엘]에서도 맛있는 벌꿀을 채집할 수 있게끔 다녀올게."

"앗싸~, 윤 언니랑 외출이다~! 그럼, 렛츠 고~!"

"고~! 고~!"

"그래, 그래."

맨 앞의 뮤우를 장난꾸러기 요정이 따라갔고, 나와 뤼이, 자쿠로가 그 뒤를 이었다.

다른 요정들도 과자를 들고 우리를 배웅해주었다. 우리는 제2마을로 이동해서 그 양봉가 NPC에게 토벌 퀘스트를 받은 다음, 쓰러뜨려야 할 적 MOB이 있는 에리어로 이동했다.

"윤 언니, 얼른! 얼른!"

그리고 지정된 장소에 도착한 우리는 곧바로 거대 벌 형태의 MOB을 발견했다.

"저게 벌집을 부수려 하는 적이구나!"

나무에 매달려서 얇은 다리로 옹이구멍에 있는 벌집을 부수려 하는 거대 벌이 있었다. 크기가 1미터가 넘었다.

거대한 벌은 우리를 눈치채고는 날개로 경계하는 소리를 울리며 위협했다.

"윤 언니, 가자!"

"그래,《인챈트》———, 어택, 디펜스, 스피드!"

나는 뮤우에게 온 힘을 다해 인챈트를 걸고는 활을 겨누었지만———.

『부우우우우우우우우우웅————.』

얻게 될 보수에 맞게끔 거대 벌은 그렇게까지 강하지 않았기에 최전선 플레이어인 뮤우 상대로 일방적으로 패배했고, 땅바닥에 떨어져 빛의 입자가 되었다.

『부웅, 부웅———.』

마지막에 거대 벌은 불쌍해 보일 정도로 슬픈 날개 소리를 울렸다.

그나마 다행인 건 1미터가 넘는 크기라 전혀 귀엽지 않았다는 점이려나.

"좋았어~, 이제 퀘스트가 끝났네. 돌아갈까!"

"뮤우, 잠깐만 기다려."

나는 돌아가려 하던 뮤우를 불러세웠다.

"윤 언니, 왜 그래? 얼른 양봉 상자를 받아서 돌아가자."

"모처럼 왔는데 회수를 안 하면 아깝잖아."

나는 좀 전까지 거대 벌이 달라붙어 있던 나뭇가지에 인벤토리에서 꺼낸 로프를 걸치고는 [등산] 센스로 올라갔다.

나무 옹이구멍의 갈라진 틈으로 약간 무너진 벌집과 흘러내리는 벌꿀이 보였다.

"조금만 나눠줘."

나는 흘러내린 벌꿀 아래에 병을 대고 무너진 벌집을 들어 올려서 벌꿀과 밀랍을 회수한 다음, 뮤우가 있는 곳으로 돌아왔다.

"오옷, 벌꿀이다! 있지, 나중에 핫케이크 만들어줘!"

"나도, 나도 벌꿀 먹고 싶어!"

뮤우와 장난꾸러기 요정이 벌꿀을 욕심냈고, 뤼이와 자쿠로도 눈빛으로 호소를 보냈다. 나는 쓴웃음을 지었다.

"알겠어. 양봉 상자를 설치하는 걸 도와주면 말이지."

"응! 내게 맡겨줘! 열심히 할 테니까!"

"내가 제일 괜찮은 곳을 가르쳐 줄게!"

의욕을 보이는 뮤우와 장난꾸러기 요정과 함께 제2마을로 돌아와 퀘스트 완료 보고를 마치고 보수인 양봉 상자와 동 칩 3개를 받았다.

게다가 퀘스트를 달성하자 양봉가 NPC로부터 양봉 상자를 1개당 20만G에 살 수 있게 되었기에 우선 3개를 사서 가지고 돌아왔다.

"그 해독초 같은 꽃 근처에서 얻을 수 있는 벌꿀은 만능약을 만들 때 사용할 수 있어!"

[아트리엘]로 돌아온 우리는 장난꾸러기 요정의 조언을 받아서 뮤우와 함께 양봉 상자를 두 개 설치했다.

쿄코 씨에게 맡겼던 요정들은 과자를 다 먹고 만족한 듯이 [아트리엘]의 약초밭 안을 둥실둥실 날아다니고 있었다.

그리고 쿄코 씨가 모은 [요정의 비늘가루]가 보존용 병에 다섯 개 정도 모였다.

"쿄코 씨, 이렇게 많이 모으느라 힘들지 않았어?"

"아뇨, 바람의 요정분들께 부탁했더니 다들 순순히 모으는 걸 도와주셨어요."

산들바람이 [요정의 비늘가루]를 모으는 광경을 상상해보니 조금 보고 싶다는 생각이 들었다.

생각지 못하게 다른 곳으로 빠져버리긴 했지만, 이제 [소생약 개량형]을 만들 수 있게 될 것 같다.

이렇게 숨을 돌린 하루도 의외로 나쁘지 않았던 것 같다.

6장 　복수전과 인해전술

　요정들의 협력으로 무사히 [요정의 비늘가루]를 보충할
수 있었다.
　[소생약 개량형]에 추가할 해제 소재는 [용의 용혈] 3방
울, [요정의 비늘가루] 2그램, [문 드롭 꽃이슬] 5방울. 그것
들을 메가 포션과 MP 포트의 혼합액에 섞고, [도등화 꽃잎]
을 녹여서 완성시켰다.
　총 42개. 이것이 내가 지금 만들 수 있는 것들 중에서 실
제 전투 때도 써먹을 수 있는 [소생약 개량형]이다.

소생약 개량형 [소모품]
[소생] HP + 80%, [재생] HP + 1% / 30초
※회복량 제한은 최대 회복량의 80%까지 감소.

　마기 씨와 리리, 클로드 같은 사람들에게 프렌드 통신으
로 보고하자 세 사람도 각자 만들던 아이템을 완성한 모양
이었다.
　우리는 복수전을 위해 세이 누나네 길드인 [팔백만] 길드
에리어에 모이기로 했다.
　"여전히 대단하네, 길드 에리어."
　항상 밤인 에리어 하늘 위에는 발치를 부드럽게 비춰주는

달빛이 보였고, 일정한 간격으로 놓인 등롱 불빛이 주위를 밝게 비춰주었다.

마기 씨 일행과 모이기로 한 곳인 [팔백만 훈련소]를 찾아서 걸어가 보니 탁 트인 원형 광장이 있었고, 그 한가운데에서 리리와 클로드가 우리의 복수 상대인 스프리건 에이프 두 마리와 싸우고 있었다. 리리는 전위에서 피해 다니고, 클로드가 후위에서 마법을 날리는 모습이 보였다.

"어?! 왜 스프리건 에이프가 여기 있는 거지?!"

수해 에리어도 아닌데. 깜짝 놀란 내가 온 것을 눈치챈 마기 씨가 돌아보고는 다가왔다.

"윤 군, 안녕."

"마기 씨, 안녕하세요. 아니, 그게 아니라! 어째서 수해 에리어에 있을 스프리건 에이프가 여기 있는 건데요?!"

나는 마기 씨에게 인사를 하면서 눈앞에서 벌어지고 있는 일에 대해 물었다.

"그건, 저거 덕분이야."

마기 씨가 손가락으로 가리킨 곳에는 두꺼운 가죽 커버로 싸인 책이 떠 있었다.

"저건 [해적왕의 비보]……였던가요?"

"정답이야. 아마 [전사의 추억]이라는 아이템이었을 텐데."

마기 씨가 이 상황을 만들어낸 아이템의 이름을 가르쳐주었다.

뮤우 일행이 외딴섬 에리어에서 얻은 [해적왕의 비보]를 나눌 때 그런 물건이 있었던 게 생각났다.

플레이어가 예전에 쓰러뜨린 적이 있는 적 MOB의 그림이 책에 기록되는 몬스터 도감과, 그 MOB의 환영을 만들어내서 싸우는 기능이었을 것이다.

"그렇구나, [전사의 추억] 효과였어……."

[전사의 추억]을 통해 나타난 스프리건 에이프의 환영은 쓰러뜨려도 경험치나 퀘스트 보수, 아이템 같은 걸 얻을 수 없지만, 복수전을 벌일 수는 있다.

MOB의 환영에게 지더라도 페널티는 없으니 실력을 시험해보기에는 딱 좋다.

"그건 그렇고 리리하고 클로드의 움직임이 꽤 좋아진 것 같은데."

"보아하니 두 사람은 일찌감치 군단 아이템을 완성시키고 나서 [전사의 추억]으로 몇 번이나 연습했던 모양이야."

우리 눈앞에서 스프리건 에이프 두 마리가 강한 기술의 예비 동작에 들어갔을 때, 리리와 클로드는 이미 움직이고 있었다.

강한 기술을 전부 피한 두 사람은 기술이 끝난 뒤의 빈틈을 찌르러 나섰고, 리리가 단검 아츠를, 클로드가 마법 스킬을 날렸다.

둘이서만 도전했기에 스프리건 에이프의 환영을 완전히 쓰러뜨리기에는 화력이 부족했다. 그래도 여러 번 연습해서 익숙해졌는지 보기에는 안정적이었다.

그리고———.

"좋아———, 《정지》다!"

클로드가 신호를 보내자 스프리건 에이프 두 마리가 안개처럼 사라졌고, 리리와 클로드가 이쪽으로 돌아왔다.

"마기찌, 윤찌, 보고 있었구나. 어땠어? 우리가 싸우는 거."

"리리의 움직임이 엄청 좋아져서 놀랐는데."

나는 솔직하게 놀라며 리리의 최적화된 동작을 칭찬했다.

"둘 다 와 있었군. 바로 스프리건 에이프에게 복수하고 싶은데, 준비는 다 됐나?"

리리보다 늦게 온 클로드가 그렇게 묻자 마기 씨가 힘차게 고개를 끄덕였다.

"나는 준비 다 됐어. 윤 군은 어때?"

"일단 이미지 트레이닝은 하긴 했는데, 실제로 리리와 클로드처럼 움직일 수 있을지는……."

자신 없는 대답. 나는 가능하면 리리와 클로드처럼 다시 움직임을 확인해두고 싶었지만, 그렇게 해줄 상황이 아닌 것 같았다.

『여기서 새로운 아이템을 써서 모의전을 한다며?』『생산 직들이 스프리건 에이프를 상대로 싸운다던데』『이봐~, 과 자랑 주스를 받아왔으니까 먹으면서 보자고!』

"으엑?! 사람들이 모여드는데?!"

길드 [팔백만]의 훈련장이기 때문에 [팔백만] 멤버들이 모여드는 건 이상할 게 없다.

하지만 아무리 봐도 우리의 복수전을 보러 온 것 같았다.

"오, 아가씨 일행은 다 왔네. 멋진 전투를 보여달라고."

"미안해, 윤. 말리지 못했어."

유쾌하게 웃는 미카즈치 옆에는 미안하다는 듯이 사과하는 세이 누나가 있었다.

"미카즈치! 세이 누나! 이게 대체 어떻게 된 거야?!"

"뭐, 심심해하는 길드 멤버들을 모아서 복수전을 보러 온 거지. 이왕 하는 김에 새로 만든 아이템 선전도 확실하게 하도록 해."

그렇게 말하며 큭큭큭, 웃는 미카즈치 때문에 나는 연습이 아니라 곧바로 실전을 벌여야 하게 되었다.

"윤 군, 괜찮아. 열심히 하자."

"으윽, 마기 씨. 네……."

나는 고개를 끄덕인 다음, [팔백만] 길드 멤버들의 응원을 받으며 각오를 다졌다.

"좋았어, 준비를 해볼까."

"그래. 영차———."

클로드가 그렇게 말하자 리리가 인벤토리에서 군단 아이템을 꺼내 설치해 나갔다.

그것은 화려한 원색으로 물든 실로 만들어진 깃발과 그것을 들고 있는 목제 여자 천사의 조각이었다.

승리의 천사상 [소모품]

내구도 [1000 / 1000]

[지원] ATK + 10, DEF + 10, SPEED + 10, MP 회복속도 상승.
설치한 곳 주위에 있는 아군 플레이어의 스테이터스를 강화해
주는 오브젝트.

여자 형상의 조각상을 꺼내자, 모의전을 보러 온 플레이
어들이 감탄하는 목소리를 냈다.

"깃발은 내가 만들었다."

"조각은 내가 승리의 여신, 니케 상을 모티브로 삼아서 만
들었어!"

큰 목소리로 말하며 만들어낸 아이템을 나나 마기 씨뿐만
이 아니라 모여든 [팔백만] 플레이어들에게도 선전했다.

"내 특수탄 쪽은 전투 시작까지 기대해줘."

마기 씨는 예전에 만들어낸 총, 피시즈의 총신을 샷건으
로 교체하고 가죽 띠로 등에 멘 채 애용하는 전투 도끼를 들
고 있었다.

"내 [소생약]은 쓰지 않고 끝내는 게 제일 좋겠지만 말이지."

마지막으로 내가 [소생약 개량형]을 마기 씨와 다른 일행
들에게 10개씩 건네자 세 사람이 아이템 스테이터스를 확인
하고는 감탄하며 목소리를 냈다.

"대단하네. 회복 제한이 걸려 있던 소생약이 HP를 약 6
할까지 회복시킬 수 있게끔 개량되었어."

그리고 나는 인벤토리에서 [검은 소녀의 장궁]을 꺼낸 다

음, 장비 센스를 조정했다.

소지 SP 53

[마궁 Lv40] [하늘의 눈 Lv44] [간파 Lv50] [강력 Lv16]

[준족 Lv41] [마도 Lv46] [대지속성 재능 Lv32] [부가술사 Lv22]

[염동 Lv20] [요리인 Lv26] [잠복 Lv12] [급소의 소양 Lv18]

대기

[활 Lv55] [장궁 Lv45] [조약사 Lv37] [장식사 Lv13]

[연성 Lv20] [조교사 Lv13] [수영 Lv25] [언어학 Lv28]

[등산 Lv21] [생산직의 소양 Lv40] [신체내성 Lv5]

[정신내성 Lv15] [선제의 소양 Lv20] [낚시 Lv10] [재배 Lv15]

[열기 내성 Lv1] [한기 내성 Lv1]

모든 준비를 마친 우리에게 클로드가 다시 말했다.

"그럼 시작한다. 모의전이라 해도 처음부터 스프리건 에이프가 완벽한 상태로 나타날 테니 퀘스트 때보다 난도가 높을 거다."

"괜찮아. 그럼 간다!《존 인챈트》———, 어택, 디펜스, 스피드!"

"[전사의 추억 : 스프리건 에이프]———, 재현 개시!"

내가 모두에게 인챈트를 건 것과 동시에 클로드가 책을 들고 모의전 상대인 환영을 만들어냈다.

『호호홋, 키이이이이익———!』

빛의 입자가 모여들자 스프리건 에이프 두 마리가 훈련소 한가운데에 나타났고, 포효를 내질렀다.

"그럼, 간다!"

"HP가 줄어들어서 움직임이 거세졌을 때부터가 진짜지!"

리리가 제일 먼저 뛰어가고, 전위인 마기 씨도 뒤따르기 시작했다.

그리고 두 사람에게 어그로가 쌓이자 나와 클로드도 공격에 참여했다.

저번 반성점을 살려서 전투도 꽤 편해졌다.

[마비]나 [수면] 같은 상태이상 화살은 물론이고, 인챈트와 군단 아이템의 효과, 마기 씨와 리리가 사용한 강화 환약 같은 효과의 중첩으로 인해 적의 거센 공격도 저번보다는 대미지가 줄어들었다.

특히 리리는 올라간 SPEED와 반복된 모의전으로 쌓인 경험을 통해, 차례차례 급소를 노리며 효율 좋게 한쪽 스프리건 에이프에게 집중적으로 대미지를 입혀 나갔다.

"행동이 더 거칠어졌다! 마기! 지금부터는 발목 묶기용 특수탄을 써라!"

스프리건 에이프 두 마리의 HP 평균이 7할 이하로 떨어지자 두 번째 스프리건 에이프가 난입했을 때와 비슷한 상황이 되었다.

스프리건 에이프의 행동 패턴에 도약을 통해 플레이어의 후방 쪽으로 이동하는 행동이나 포효를 통한 범위 공격 같은 행동이 추가되었고, 우리를 괴롭혔던 기억이 되살아났다.

"기다리고 있었어! 가라!"

마기 씨는 대미지를 덜 입은 스프리건 에이프 쪽으로 샷건을 겨누고는 특수탄을 날렸다.

발포음과 함께 날아간 산탄이 스프리건 에이프에게 차례차례 맞았고, 관전하러 온 플레이어들 사이에서 웅성거리는 목소리가 들렸다.

특수탄에 담겨져 있던 점착성이 있는 유백색 물체가 스프리건 에이프의 몸에 달라붙었기 때문이다. 그것은 서서히 경화하며 무게추 같은 역할을 하기 시작했다.

"저게 마기 씨와 에밀리 양이 만든 특수탄……."

석화탄 중 [소모품]

ATK + 5, 추가 효과 : 접촉 저해, 속도 저하

특수탄의 효과를 본 내가 멍하니 있자니 마기 씨가 의기양양하게 설명해주었다.

"이건 고무탄에 사용한 수지의 경화도를 낮추고 점착성을 높인 다음에 코카트리스의 소재로 만든 마법약을 섞은 아이템이야! 자, 윤 군, 클로드, 발을 묶어줘!"

"알겠어요! ──《머드 풀》!"

"내게 맡겨라! ──《그래비티 포인트》!"

원래라면 스프리건 에이프도 잽싸게 움직여서 피했겠지만, 마기 씨가 날린 특수탄 덕분에 움직임이 둔해져서 내 진흙탕과 클로드의 중력구를 맞출 수 있었다.

"하나 더! ──《존 스톤 월》!"

그리고 돌벽을 여러 겹으로 둘러싸서 봉쇄함으로써 한쪽 스프리건 에이프를 완전히 막아둘 수 있었다.

"좋았어, 어서 다른 한 마리를 빠르게 쓰러뜨리자!"

마기 씨와 리리가 전위에서 어그로를 끌고, 나와 클로드가 후위에서 아츠와 스킬로 강력한 공격을 차례차례 날렸다.

스프리건 에이프는 두 마리가 모였을 때 거센 파상공격이 골치 아픈 상대였지, 한쪽을 잡아두면 단독으로는 그렇게까지 강하지 않다.

그렇기 때문에 한 마리뿐인 스프리건 에이프는 안정적으로 쓰러뜨릴 수 있었다.

『키이이이이익──!』

한 마리가 쓰러지자 봉쇄된 돌벽 안에서 스프리건 에이프가 발광 모드에 들어갔고, 돌벽과 특수탄의 구속을 부수며 나타났다.

"공격 패턴은 바뀌지 않지만, 더욱 거세진다! 지금부터가 진짜야!"

한 마리를 집중적으로 공격해서 쓰러뜨렸기에 거의 멀쩡한 상태인 발광 모드 스프리건 에이프를 상대로 후반전이 시작되었다.

우리도 상대의 움직임을 주의 깊게 보고 공격에 대처하며 대미지를 입혀나갔다.

중간에 마기 씨가 세 번, 내가 두 번, 스프리건 에이프의 후려치기 공격을 맞고 쓰러졌지만, 그때마다 [소생약 개량형]으로 무사히 부활해서 전투를 계속 이어나갈 수 있었다.

그 밖에도 리리는 후위에 있는 우리 쪽으로 스프리건 에이프가 가지 못하게끔 유도하는 역할을 맡고 있었는데, 도약 후 낙하한 스프리건 에이프의 충격파로 인해 지원 오브젝트인 여신상이 대미지를 입어서 약간 초조해지기도 했다.

그리고, 드디어———.

"슬슬, 끝나란 말이야!"

마지막 일격은 화려한 아츠나 스킬이 아니라 마기 씨가 크게 휘두른 전투 도끼였다.

그 일격을 받은 스프리건 에이프는 조용히 움직임을 멈추고는 그대로 뒤로 쓰러졌다.

『ㅠㅠ———우오오오오오오옷!ㅛㅛ

"———으앗?! 아, 그래, 그랬지. 다들 보고 있었지."

스프리건 에이프와의 전투에 집중하느라 관전하러 온 [팔백만] 멤버들의 존재를 완전히 잊고 있었다.

"다들 축하해!"

"고생했어! 여러모로 재미있는 걸 보여주던데!"

[전사의 추억]이 만들어낸 환영이긴 하지만, 스프리건 에이프에게 복수할 수가 있었다.

지켜봐 준 세이 누나와 미카즈치, [팔백만] 멤버들이 축하해주는 가운데, 나는 기쁨을 곱씹고 있었다.

●

"휴우, 끝났네. 이제 [개인 필드] 제작에 착수할 수 있겠어."

스프리건 에이프와의 복수전을 마친 우리는 다 같이 훈련소 가장자리에 앉아서 쉬었다.

"윤찌는 어떤 개인 필드를 만들고 싶어?"

"실은 만들고 싶은 이미지가 있긴 한데, 어떻게 만들면 될지 몰라서 리리하고 의논해보고 싶었거든."

"알겠어. 그럼 이야기를 하면서 간단히 도면을 그려볼까!"

리리는 인벤토리에서 제도할 때 사용하는 종이와 펜을 꺼내 개인 필드를 위에서 볼 때의 큰 틀을 그려 나갔다.

나도 함께 의논을 하며 지금까지 모은 은 칩 75개를 [개인 필드 소유권]과 교환했다.

"윤찌는 어떤 필드 에리어를 만들고 싶은데?"

"몇 가지 원하는 게 있거든. 에리어 환경은 한랭 지대 쪽 식물이 잘 자라는 기온으로 만들고 싶고."

지금은 문 드롭을 쿨러 젤 쇼케이스 안에서 키우고 있지만, 개인 필드의 넓은 땅에서 키우고 싶다.

내 의견을 들은 리리가 곧바로 종이에 무언가를 적어넣었다.

"그렇다면 필드 설정은 고원 에리어로 하면 될 거야. 기온이 시원해서 그런 식물이 잘 자랄 테니까."

고원 에리어로 생성하면 일반적인 기온과 한랭 기온, 양쪽에 적합한 식물을 키울 수 있다고 한다.

"그리고――."

내가 만들고 싶은 걸 리리에게 한 가지씩 말하자 리리는 미소를 지으며 맞장구를 치고는 만들 수 있을지 없을지 생각해 주었다.

세이 누나와 마기 씨 같은 사람들이 그런 우리와 그려져 나가는 도면을 훈훈하게 바라보고 있었다.

"에리어 생성 설정은 이런 느낌으로 하면 될 것 같아."

리리의 말을 끝으로, 다양한 의견이 나왔던 개인 필드의 희망사항은 최종적으로 설계도 두 장에 담기게 되었다.

첫 번째 설계도가 필드 생성 시에 설정할 필드의 도면과 자잘한 조건.

그리고 두 번째 설계도가 생성된 필드에 우리가 추가로 작업할 최종적인 설계도다.

개인 필드의 환경 설정은 고원 에리어로 선택했고, 지형은 밭을 만들기 편하고 뤼이와 자쿠로가 뛰어다니기 편하게끔 기복이 적은 초원 평지를 선택했다.

그리고 최종적인 설계도에는 휴식할 때 쓸 별장인 통나무집과 약초밭이 모여 있는 중앙 에리어, 그리고 숲과 꽃밭을 만들 북동쪽 에리어만을 예정해 두었다.

당분간은 뤼이와 자쿠로가 마음대로 뛰어다닐 수 있는 초원으로 남겨두겠지만, 만들고 싶은 게 생기면 거기에 새롭게 만들 예정이다.

"초기 설정은 이 정도면 되겠지."

"윤, 축하해. 그런데 뮤우가 윤이 만들 개인 필드를 기대하고 있는 거 같은데, 제때 만들 수 있겠니?"

세이 누나가 그렇게 물어보자 나는 곤란하다는 듯이 뒤통수를 긁었다.

"아~, 여름방학이 끝나기 전에는 선보이고 싶긴 한데, 필드를 만들 시간이 부족할지도 몰라."

리리도 자기 개인 필드를 지금 같은 형태로 만들 때까지 1년 가까운 시간을 들여서 서서히 토지를 활용해 왔다.

시간이 부족한 나는 [문 드롭]을 재배할 약초밭 정도밖에 만들 수 없을지도 모르겠다.

내가 완성 예상도를 보면서 생각에 잠겨 있자니 리리가 제안했다.

"그럼 우리도 도와줄까? 내 식림장에서 일하고 있는 합성 MOB들을 노동력으로 이용하면 윤찌 혼자서 하는 것보다 빠르게 만들 수 있어."

"그럼 우리도 아가씨의 개인 필드를 만드는 걸 도울까?"

"미카즈치도? 아니, 우리라니?"

"우리라고 하면 당연히 [팔백만] 길드 멤버들이지."

어째서 갑자기 [팔백만] 멤버들 이야기가 나오는 거지? 그렇게 생각하며 당황하고 있자니 미카즈치가 그 이유를 설명해 주었다.

"아니, 실은 이 [팔백만] 길드 에리어를 만들 때 이런 걸 만드는 데 푹 빠진 녀석들이 있어서 말이지……."

미카즈치가 질색하는 표정으로 손가락을 가리킨 곳에는 이 훈련장에 온 길드 멤버들이 눈을 번득이고 있었다.

"축제 같은 느낌으로 떠들썩하게 다 같이 만드는 게 즐거운 모양이야. 그러니까 마구 부려먹어줘."

"아니, 부려먹으라고 해도……."

여름방학이 끝날 때까지는 만들지 못할 거라 생각하고 있었다.

그런 와중에 뜻밖의 형태로 일손이 모여서 오히려 고민이 되긴 하지만———.

"그럼……, 도움을 받아볼까."

〽———우오오오오오오오옷!〽

혼자서 조용히 만드는 것도 좋아하지만, 이렇게 많은 플레이어들과 공동작업을 하는 것도 좀처럼 해볼 수 없는 경험이니 받아들이기로 했다.

"목표는 여름 이벤트가 끝날 때까지 이 어렴풋한 설계도의 내용물을 완성시키는 거야. 그럼 개인 필드의 문을 설치해야 할 텐데, 어디에 둘 거야?"

"그야 내 개인 필드니까 [아트리엘]에 설치할 건데……."

뜻밖의 형태로 공동작업이 시작되고, 몇 가지 규칙을 정했다.

우선 작업 시간 설정이다.

내가 자리를 비울 때도 개인 필드로 들어가 계속 에리어를 만들고 싶어 할 법한 사람이 있다.

그래서 내가 개인 필드에 있을 때만 다른 플레이어도 들어올 수 있게끔 설정했다.

나도 정해진 시간에 로그인해서 작업을 하기 때문에 다른 플레이어들도 그 시간에 모이거나, 반대로 그 시간에 로그인하지 못하더라도 소재를 모으는 식으로 참여할 수 있게했다.

그다음은 에리어 범위 지정이다.

에리어 전체를 다른 플레이어들의 손으로 바꾸게 두면 내가 못 본 사이에 멋대로 새로운 걸 만들어버릴 가능성이 있다.

그렇기 때문에 에리어 한가운데 부분과 숲을 만들 북동쪽 자연 구역만 허가해주고 다른 곳에는 오브젝트를 설치할 수 없게끔 해두었다.

그 밖에도 자잘한 규칙을 정한 다음, 우리는 먼저 [아트리엘]로 돌아가 사람들이 드나들기 편한 우드덱에 [개인 필드]의 문을 설치했다.

"그럼, 연다."

"기대되네."

문 손잡이를 비틀어서 열자 시원한 공기가 볼을 어루만졌다.

"……여기가 내 개인 필드구나."

환경을 고원 에리어로 설정했기에 깔끔하고 시원한 공기가 피부로 느껴졌다.

그걸 한껏 들이마셨다가 내뱉자 그것만으로도 기분이 후련해졌다.

"여기가 고원 기후구나. 공기가 맛있네."

"호오, 좋은 곳인데. 시원해서 계속 여기 있고 싶어져."

문 앞에서 감동하고 있던 내 옆에 세이 누나와 마기 씨가 나란히 섰다.

그 옆을 지나 리리가 뛰어가기 시작했고, 내 사역 MOB인 뤼이와 자쿠로, 다른 일행들의 하트너인 리쿠르와 네시아스, 쿠츠시타도 아직 사람의 손을 타지 않은 초원을 뛰어다녔다.

그리고 미카즈치와 클로드도 문을 통과해 왔다.

그 밖에도 흥미가 있는 플레이어들이 문 앞에 모여 있었고, 안을 보려고 발돋움하는 모습을 보니 쓴웃음이 나왔다.

"그럼, 윤찌의 별장과 숲 만들기 계획을 시작해볼까!"

"별장이라니……."

그렇게 내 개인 필드에 다른 플레이어의 입장을 허가한 뒤,

모여든 플레이어들에게 일을 시키기 위한 계획을 세웠다.

리리가 숲에서 일을 시키고 있던 합성 MOB들을 소환했고, 세이 누나와 미카즈치가 도와주기를 희망하는 길드 멤버들을 데리고 소재를 모으러 갔다.

"야호~. 즐거워 보이길래 도와주러 왔어."

"우리도 좀 돕게 해줘."

도와주러 와준 [팔백만] 멤버들 중에는 예전부터 알고 지내던 칼 대장장이 오토나시와 조금사 랑그레이도 있었다.

할 일이 없던 리리는 클로드의 지시에 따라 [팔백만]의 목공사들과 함께 필드 곳곳에 파수대 건설을 시작하고 있었다.

"리리, 클로드. 뭐 하고 있어?"

"파수대를 만들어서 높은 곳에서 관측한 작업 풍경을 동영상으로 만들까 해서 말이지."

영상 기록용 포인트를 만들기 위해 파수대를 세우고, 그곳에서 내려다본 풍경으로 아직 아무것도 없는 개인 필드가 어떻게 바뀌어 가는지 기록하려는 것 같았다.

"찍은 동영상을 빠른 속도로 편집해서 피로연 때 상영할까."

"정말, 쓸데없이 꼼꼼하네……, 그래도 뭐, 흥미가 좀 있긴 해."

그렇게 중얼거린 내가 동영상 촬영을 허가해주자 리리가 내게 작업에 대해 이야기를 꺼냈다.

"있지, 윤찌. 숲을 만들 때 쓸 묘목을 확보해야 하는데, 어떤 종류의 나무를 심을 거야?"

"으음~. 어떤 종류가 나오려나⋯⋯. 리리처럼 나무를 그대로 쓸 게 아니니까 벌채하지 않고 계속 소재를 채집할 수 있는 종류가 나올 것 같은데."

"그렇다면 과일나무 계열이겠네."

"그것도 생각해 봤는데, 고원 에리어는 기후가 서늘하니까 한랭 환경에 맞는 나무 같은 것들도 섞고 싶거든."

내가 희망사항을 말하자 리리가 응응, 하며 나무 종류 몇 가지를 말해주었다.

"그렇다면 [활기의 꿀나무] 같은 나무는 어떨까? 북쪽 마을의 카지노 경품으로 교환할 수 있고 한랭 지역에 적합한 나무야. 깔끔한 수액을 분비하는 나무고, 그 수액을 끓이면 [활기의 갈색 꿀]이라는 회복 효과가 있는 아이템이 되거든."

다시 말해 메이플 시럽 같은 식재료이면서도 치유 버섯처럼 [조합]의 회복 효과를 높여주는 아이템인 모양이었다.

끓인다고 하는 걸 보니 [조합]의 생산 도구인 성분 농축기를 통해 시럽으로 가공할 수 있을 것 같다.

"응, 재미있을 것 같네. 그 나무도 심을까!"

그렇게 갑작스럽게 정해진 [개인 필드] 개발 공동작업 첫날은 준비만으로 끝났다.

그리고 다음 날부터 본격적인 개발이 시작되었는데———.

"거점이 될 별장 건설하고 약초밭 한가운데를 개발할 거다. 그와 동시에 북동쪽 삼림 구역에 심을 묘목 재배도 진행

한다! ──시작!"

『ㅠㅇㅇㅇ~!』

미카즈치가 두 손으로 삽자루를 든 채 떡 버티고 서서 진행을 맡고 있었다.

도와주러 모인 20명 이상의 [팔백만] 멤버들이 큰 목소리로 외쳤고, 서른 마리가 넘는 리리의 합성 MOB이 두 팔을 들어 올리며 의욕을 보였다.

나는 선두에 서는 게 껄끄러우니 그렇게 해주는 건 고맙다.

곧바로 어제 리리와 의논해서 정한 설계도를 토대로 길이 만들어지기 시작했다.

에리어 한가운데에는 별장인 통나무집을 짓고, 그 주위에는 약초밭을 만든다.

그리고 약초밭을 오갈 때 쓰는 길을 만들고, 그 길을 삼림 구역까지 이어 산책로를 만들 예정이다.

도와주러 온 플레이어들이 차례차례 작업을 시작했다.

"하아아앗──,《익스플로전》!"

『──《익스플로전》!』

먼저 시작된 것은 마법사들의 발파 작업이었다.

풀로 둘러싸인 지면을 일단 공터로 만든 다음, 삽을 든 리리의 합성 MOB들이 지면을 단단하게 굳혀서 길로 만들거나 괭이로 일구어서 밭으로 만드는 것이다.

"아아, 내 초원이……."

"창조를 위한 파괴다. 윤도 도와주러 가지 그래."

"······응. 알겠어."

클로드가 그렇게 말하자 나는 별로 쓰지 않는 토속성 마법 스킬을 사용해 초원을 공터로 만들었다.

평소에는 강력한 마법을 별로 쓰지 않기 때문에 이렇게 마음껏 날릴 수 있다는 것도 즐겁고, 무엇보다 마법 계열 센스의 레벨을 올릴 수 있다.

뭐, 실전에 비하면 상승 폭은 별것 아니지만. 그래도 마법 스킬의 사용 횟수에 따라 개방되는 상위 센스도 있기 때문에 MP 포트를 마시며 팍팍 써나갔다.

그러는 사이 리리를 중심으로 모인 건축반은 제일 먼저 별장인 통나무집을 만들기 시작했다.

그리고 한가한 사람들은 별장 주위 밭을 일구어서 삼림 구역에 심을 묘목을 키웠다.

"휴우, 마법을 날리는 것도 지치네. 이번에는 길을 내는 걸 도울까."

내가 쉴 겸 자재 보관소로 가보자 마기 씨가 색과 형태가 제각각 다른 석재를 일정한 두께로 잘라 돌바닥용으로 만들고 있었다.

"윤 군, 이쪽으로 왔구나!"

"네. 공터를 만드는 건 이제 지쳐서 다음에는 길을 만들려고요."

나는 마기 씨 일행이 만든 석재를 받아서 인벤토리에 넣은 다음, 한가운데의 별장 예정지에서 뻗어나가는 길 중 한 곳에 돌바닥을 깔기 시작했다.

"음, 균형은 이런 느낌이면 되려나?"

색이나 크기가 제각각 다른 돌바닥의 균형을 맞추며 길에 깔아나갔다.

퍼즐처럼 균형과 색 조합을 고려하는 게 재미있었다.

"으음~. 이 부분은 마음에 안 드는데. 저쪽 돌바닥하고 교환할까? ──《키네시스》!"

나는 염동 스킬로 방금 설치한 돌바닥을 띄운 다음, 다른 돌바닥과 배치를 교환해서 만족스러운 길을 만들어나갔다.

길 만들기를 지원한 플레이어들은 역시 성격이 꼼꼼한 건지, 한번 배치했던 돌바닥이 마음에 들지 않으면 나처럼 다시 만들곤 해서 배치한 사람의 개성이 길에도 드러나는 것 같았다.

"이런 건 나 혼자선 못 만들겠지."

설명 단계에서 [개인 필드]의 컨셉을 공유하긴 했지만, 그래도 만드는 사람의 개성이 나타나는 걸 보니 벌써부터 완성된 모습을 기대됐다.

●

개인 필드 개발 작업, 사흘째──.

"대단하네, 벌써 별장하고 약초밭, 길이 생겨났어."

개인 필드가 플레이어와 합성 MOB들의 손에 의해 바뀌어 가는 모습을 보고 나는 놀라면서 중앙 구역에 생겨난 별장인 통나무집 안으로 들어갔다.

내 취향에 맞게끔 자그마한 통나무집 내부는 지붕 아래쪽까지 뚫려 있는 구조였다.

아직 가구나 카펫 같은 장식품은 없지만, 밤에는 쌀쌀한 고원 에리어의 환경에서도 지내기 편하게끔 흑철제 오븐 스토브와 배기 파이프가 뻗어 있었다.

계단을 올라가면 나오는 2층 로프트는 베란다로 이어져 있었고, 아직 손대지 않은 남쪽 고원이 정면에 펼쳐져 있어서 멀리에는 내 파트너인 뤼이와 마기 씨의 리쿠르가 평원을 뛰어다니는 모습이 보였다.

약간 앞쪽을 보면 별장 주위에는 돌바닥 길이 깔려 있고, 약초밭의 두렁이 보였다.

"이봐~! 윤찌? 어때?"

"리리, 최고야! 다들 고마워!"

베란다에서 내려다본 우드덱에는 리리를 비롯해서 이 별장을 지어준 [팔백만] 목공사들과 합성 MOB들이 이쪽을 올려다보고 있었다.

내가 고맙다는 인사를 하자 다들 박수를 치며 기뻐했고, 작업에 협력해준 합성 MOB을 치하해주기도 했다.

하지만 그들은 별장이 완성된 기쁨에 젖어있을 틈도 없이 곧바로 아직 작업이 끝나지 않은 다른 지역으로 이동했다.

나도 별장 밖으로 나와서 전체적인 관리를 맡고 있던 클

로드에게 진척 상황에 대해 물었다.

"저기, 클로드, 지금은 얼마나 진행된 거야?"

"별장과 길, 약초밭은 완성되었군. 이제 숲과 꽃밭이 남았다."

인해전술로 단숨에 경작한 약초밭에서는 숲을 만들기 위해 필요한 묘목을 키우고 있다.

내가 가지고 간 [식물 영양제]로 묘목의 성장을 촉진시킬 생각이었지만, 원래 희석시켜서 뿌려야 할 물건인데 사용 방법의 전달이 충분하게 이루어지지 않은 탓에 원액을 그대로 뿌려버렸다.

그 결과, 심은 나무 씨앗이 묘목 단계를 넘어서서 대량의 나무 계열 MOB으로 변이해서 덤벼드는 해프닝이 생겼다.

뭐, 그곳에 있던 [팔백만] 멤버들에게 순식간에 진압되었기에 크게 문제는 없었지만.

쓰러뜨렸을 때 손에 넣은 목재를 별장을 짓는 데 썼다는 건 여담이다.

그런 해프닝을 겪는 와중에도 순조롭게 묘목의 숫자는 갖춰졌고, 어제부터 합성 MOB들이 나무를 심기 시작하고 있었다.

여전히 공간이 남을 정도로 넓은 약초밭 한편에는 [문 드롭]을 비롯한 꽃을 피우는 약초 씨앗을 심고, 그 주위에 가지고 온 [양봉 상자]를 놓아두었다.

실험적인 의미로 약초밭을 만들어 양봉 상자를 설치했더

니 에리어 만들기에 참가해준 플레이어들이 그 주위에 남은 소재로 휴식 장소를 만들기도 했다.

지금 그곳에서는 자쿠로와 리리의 네시아스, 클로드의 쿠츠시타가 쉬고 있다.

"그럼 나도 묘목을 옮겨서 나무 심기를 도울까."

나는 밭에서 자란 나무 묘목을 파내서 꼼꼼하게 자루로 뿌리를 감싸고는 숲 예정지로 옮겼다.

여기에도 [식물 영양제]를 뿌렸기에 심은 묘목들이 하루만에 나무로 성장해서 수풀을 형성하고 있었다.

그런 수풀 안을 지나다 보니 나무 심기를 도와주고 있던 마기 씨와 세이 누나 같은 사람들이 보였다.

"새 묘목을 가지고 왔어요!"

"고마워, 윤 군. 마침 부족해졌던 참이었거든!"

마기 씨가 큰 소리로 말하고, 함께 따라온 리리와 클로드가 수풀을 둘러보았다.

"여전히 인공적이군."

"도와주고 있는 게 내 식림장에서 일하는 합성 MOB이니까. 식림장 같은 느낌이 나와버리네."

"——어?"

나는 그렇게 중얼거리는 클로드와 리리를 깜짝 놀라며 돌아보았다. 나무 심기를 도와주고 있던 마기 씨 같은 사람들도 짐작 가는 구석이 있는지 시선이 약간 떨렸다.

"역시 클로드랑 리리도 그렇게 생각해? 우리도 균형을 맞

춰서 다양한 종류의 묘목을 심긴 했는데, 역시 그렇게 느껴
버리는구나."

"그런가요?"

나는 돌아다니기 편하고 나무들 사이로 햇빛이 스며드는
밝은 수풀이라 기분이 좋다고 생각했다.

하지만 리리와 의논했을 때 나왔던 숲의 이미지와는 약간
다른 것 같긴 했다.

"문제는 지형의 기복이 적고, 지면에도 고원의 풀이 아직 남
아있다는 점이지. 그리고 나무들도 너무 가지런히 맞췄다."

그렇게 말한 클로드는 가지고 있던 스크린샷 중 숲 계열
에리어의 이미지를 골라서 보여주었다.

"OSO의 에리어 생성은 정말로 훌륭하지. 그야말로 자연
스럽게 숲을 만들어냈으니까."

이미지에 뜬 숲에는 다양한 형태가 존재했다.

제1마을 동쪽 숲은 크고 작고 다양한 나무들이 뒤섞여 있
었고, 돌과 쓰러진 나무 같은 오브젝트나 자잘한 기복이 존
재하고, 개울이나 연못 같은 것들도 있었다.

그 밖에도 얼마 전에 갔었던 수해 에리어는 나무들이 올려
다봐야 할 정도로 높고 두꺼운 데다 나무줄기나 지면에는 이
끼가 자라나 있어서 느낌이 다른 경치를 보여주고 있었다.

"아직 큰 나무가 아니니 어쩔 수 없긴 하지만, 이런 방향성
이나 테마 없이 숲을 만드니까 인공적인 느낌이 되는 건가?"

"그래서, 윤은 어떻게 하고 싶지? 뭔가 희망사항이 있나?"

"그러게……, 돌이나 흙을 쌓아서 변화를 좀 만들어도 괜찮을 것 같아. 인공적인 요소를 줄이고 자연과 조화로운 느낌으로 만들고 싶거든. 그리고 장난스러운 느낌도 생기도록……."

갑자기 생각난 아이디어지만, 이렇게 하면 좀 더 좋아질 거라는 사실을 이해했기 때문에 마기 씨뿐만이 아니라 도와주고 있던 다른 플레이어들도 흔쾌히 내 생각에 공감해 주었다.

"그거 괜찮다! 돌은 돌바닥을 만들 때 쓰던 게 있으니까 그걸 잘 배치해보자!"

"그럼 나는 숲의 인공적인 느낌을 줄이자는 요청을 다른 플레이어들에게 전달하고 오마."

갑자기 생각난 아이디어로 수정하게 해서 미안하지만, 개선이 될 거라 느껴준 마기 씨와 다른 사람들은 신이 나서 작업을 하며 각자 독자적인 요소를 넣으려 했다.

"미안한데, 건설하다가 남은 이 목재를 [연금] 스킬로 뭉쳐줄 수 있을까?"

"응? 상관없긴 한데, 어쩌려고?"

작업에 참여한 [팔백만]의 조금사 랑그레이가 별장 건설때 남은 목재를 가져와서 내게 그렇게 부탁했다.

이대로 적당한 크기로 잘라서 스토브 연료로 쓸까 생각하고 있었기에 뜻밖의 제안이었다.

"새로운 길을 숲 안에 만들고 싶은데, 돌바닥 길을 연장하는 건 멋이 없을 테니 침목을 써볼까 하거든."

"앗, 그거라면 나도 침목이 있었으면 좋겠는데. 흙을 옮겨서 만든 언덕 위로 올라갈 때 쓰는 계단을 만들고 싶으니까!"

랑그레이의 제안을 듣고 다른 플레이어도 침목을 요청했다.

평탄했던 지형은 합성 MOB이 옮겨온 흙과 돌로 기복이 생겼고, 작고 완만한 언덕과 숲 안에 새롭게 만들어진 길에는 침목을 사용했다.

그리고 대량의 흙과 돌을 완만하게 쌓아서 만든 언덕에는 꽃씨를, 그 근처에는 [양봉 상자]를 놓아두었다.

합성 MOB들이 균형을 맞추며 나무를 계속 심어나가는 한편, 도와주고 있는 플레이어들은 숲 곳곳에 길을 만들다 남은 크고 작은 석재를 자연스럽게 배치해 나갔다.

아직 작은 나무만 있는 숲이긴 하지만, 처음 봤을 때 느낀 인공림 같은 분위기가 조금씩 희미해졌다.

그럼에도 불구하고 아직 어딘가 일부러 만든 것 같은 위화감이 있는데.

그런 와중에 소재를 모으러 나가 있었던 세이 누나와 미카즈치가 소재를 가지고 돌아왔다.

"윤, 우리 길드 멤버가 자연을 만들 때 추천할 만한 소재를 가르쳐주길래 모아왔어."

"추천할 만한 소재?"

"이끼 매트라던데. 돌 같은 걸 그냥 묻어서 배치하기만 하면 단조로워지니까 이걸 쓰라더라."

미카즈치가 인벤토리에서 꺼낸 것은 이끼가 자란 지면에서 벗겨낸 다음 롤 형태로 말아놓은 이끼 덩어리였다.

"사용 방법은 대충 뜯어서 이곳저곳에 바르기만 하면 된대. 그러면 이끼가 번식해서 괜찮은 느낌으로 자연스러워진다고 했고."

미카즈치는 숲을 장식하는데 쓰는 소재의 사용 방법을 가르쳐 주었다.

"호오~, 이끼라……, 어떤 느낌이려나?"

시험 삼아 둥글게 말린 이끼 매트를 펼쳐보자 선명한 녹색 이끼가 눈에 들어왔다.

표면을 쓰다듬어보니 푹신푹신하고 부드러운 감촉이 느껴졌다.

"앗, 이거 기분 좋은데. 초원과는 또 다른 느낌이 괜찮네."

아직 손을 대지 않은 고원 에리어의 초원과는 달리 부드럽고 푹신푹신하고 적당한 습기가 시원한 느낌을 주는 이끼가 내 마음을 사로잡았다.

"이거 좋다! 이곳저곳에 써보고 싶어!"

나무와 이끼의 조화는 나 혼자서는 떠올리지 못했을 아이디어다.

그리고 이 이끼에 상상력이 자극되어서 만들고 싶은 공간이 머릿속에 떠올랐다.

"테라리움을 좋아하는 사람이 이런 느낌이겠지."

나는 감정을 담아 그렇게 중얼거리고는, 삼림 구역의 수정안을 세이 누나와 마기 씨 같은 사람들과 함께 조금씩 정리하면서 작업을 진행해 나갔다.

또한 숲의 나무들의 성장에 맞춰서 나와 리리가 해야만 하는 일이 있었다.

"리리, 부탁했던 건 다 됐어?"

"완벽해! 윤찌가 심을 나무를 정했을 때부터 준비하고 있었어!"

나와 리리가 어떤 것에 대해 확인하고 있자니 세이 누나가 의아하다는 듯이 물었다.

"저기, 무슨 이야기야?"

"이제부터 자란 [활기의 꿀나무]에서 수액을 채집할 준비를 하고 있는 거야."

리리가 골라준 [활기의 꿀나무]가 꽤 많이 컸기에 수액 채집을 시도해보자고 의논하고 있었던 것이다.

"그거, 나도 봐도 될까?"

"물론이지! 세이 누나도 같이 가자!"

"응! 보러 가자! 나무가 특이하게 생겼으니까 금방 알아볼 수 있을 거야!"

리리와 함께 돌바닥 길을 걸어가자 단풍나무처럼 나뭇잎이 특이하게 생긴 [활기의 꿀나무]가 보였다. 길에서 보이는 범위 안에 있는 걸 보니 리리가 나무의 배치를 신경 써준 모양이다.

"그래서, 수액을 어떻게 모을 건데?"

"그건 말이지, 마기찌가 만들어준 이걸 쓸 거야!"

내가 묻자 리리가 인벤토리에서 수도꼭지 같은 걸 꺼냈다.

"수액을 채집하는 [트리 밸브]라는 아이템이야! 이걸 말이지, 나무에 꽂아두는 거야. 이렇게———."

리리는 [활기의 꿀나무]의 줄기에 드릴로 구멍을 뚫은 다음, 그 구멍에 [트리 밸브]를 꽂아 넣었다.

"나무의 성장에 맞춰서 [트리 밸브]가 고정되니까 이제 완성이야! 나무에 모이는 수액을 며칠마다 수도꼭지를 틀어서 꺼낼 수 있어!"

봐, 리리는 그렇게 말하며 내 눈앞에서 [트리 밸브]의 수도꼭지를 틀어 보였다.

아직 작은 나무가 된 지 얼마 지나지 않았기에 조금밖에 나오지 않았지만, 약간 나온 물 같은 수액을 보존 용기에 모았다.

"리리 군이 마기에게 만들어달라고 했다니, 다른 곳에도 쓰고 있는 거야?"

"그렇지. [셰이드 결정수] 수액을 모을 때는 전용 나무에 트리 밸브를 꽂아서 모으고 있어!"

[셰이드 결정수]의 수액은 검보라색이고, 내버려 두면 결정화되기 때문에 모으기가 꽤 힘들다.

예전에는 가지나 줄기에 상처를 낸 다음, 그곳에서 새어 나와 작게 결정화된 수지를 모으곤 했지만, 지금은 [트리 밸브]를 꽂아서 커다란 용기에 수액을 모으고 있다고 한다.

용기 바닥에 고인 수액이 굳어서 큰 덩어리가 되기 때문에 필요에 따라 깨서 팔곤 하는 것 같았다.

"그 밖에도 목공에 쓰는 왁스나 접착제, 미끄러짐 방지제 같은 것들은 나무의 수액을 가공한 수지 아이템을 쓰곤 하거든."

"호오, 그렇구나……."

리리에게는 매우 친숙한 소재인 모양이었기에 내가 목소리를 내며 감탄했고, 세이 누나는 방긋방긋 웃고 맞장구를 치면서 이야기를 듣고 있었다.

"그럼 다른 [활기의 꿀나무]가 있는 곳에도 트리 밸브를 달러 가자!"

"그래. 조금이나마 수액을 모아서 시험 삼아 [활기의 갈색 꿀]을 만들어볼까? 그리고 약초밭하고 꽃밭에 설치한 [양봉 상자]도 확인해야지."

약초 근처에 있는 양봉 상자의 벌꿀은 [활기의 갈색 꿀]과 마찬가지로 조합 소재로도 쓸 수 있는 것 같았기에 신경 쓰인다.

"벌꿀을 채집하면 미카즈치가 벌꿀주로 만들자고 할 것 같은데."

후훗, 즐거워 보이는 세이 누나의 웃음과 함께 우리는 수액을 모은 다음 양봉 상자를 확인하러 갔다.

우선 꽃밭에 설치한 양봉 상자. 어디서 온 건지 꿀벌들이

정착했고, 꽃밭을 날아다니며 꽃가루와 꽃의 꿀을 모으고
있었다.

"벌꿀은 모였나?"

나는 양봉 상자의 뚜껑을 열고, 상자 안에 늘어놓은 틀을
하나 들어 올렸다.

"오, 제대로 모였네."

식칼을 꺼내 틀에서 벌집을 깎아내서 꺼냈다.

"윤찌, 그게 벌꿀이지? 좀 먹어봐도 돼?"

"나도 맛을 좀 봐도 될까?"

"그래, 자."

내가 꺼낸 벌집 표면을 깎아서 벌꿀을 흘리자 그걸 세이
누나와 리리가 손가락으로 떠서 먹고는 행복하다는 듯이 눈
을 가늘게 떴다.

"이건, [백화(百花) 벌꿀]인 것 같은데?"

"백화 벌꿀?"

"뭐, 다양한 꽃가루로 만들어진 벌꿀이라는 뜻이지. 오,
이쪽 틀은 다른 벌꿀인가?"

다른 틀은 투명도가 높은 벌꿀이었다.

마치 물엿 같은 벌집을 자르자, [문 드롭 꽃이슬]을 빨아
들여서 만든 건지 [월광밀]이라는 이름이었다.

나중에 조사해 보았는데, [문 드롭 꽃이슬]보다 [월광밀]
이 [소생약]의 해제 소재로서 지닌 성능이 더 뛰어난 모양
이었다.

그리고 다른 틀에서는―――, [만홍 벌꿀]을 채집할 수 있었다.

[만홍 벌꿀]은 해독초 같은 약초의 꽃가루를 소재로 삼아 만들어져서 여러 상태이상의 회복 효과를 강하게 만들어주는 모양이었다.

"이건 만능약의 추가 소재로 써먹을 수 있을 것 같네."

상태이상 회복약에 알코올을 넣어서 만든 약효 성분의 혼합 결정, 그것을 사용해 만들 수 있는 [범용 포션]이나 [정신 포션] 같은 복합 상태이상 회복약을 더욱 개량시킬 수 있을지도 모르겠다.

"그렇구나. 만능약을 만들면 내게 팔아줬으면 좋겠네."

세이 누나의 말에 나는 쓴웃음을 지으며 고개를 끄덕인 다음, 리리, 세이 누나와 함께 다른 양봉 상자를 열어보았다.

설치한 양봉 상자들에는 5할 정도 식재료 아이템인 [백화 벌꿀]이 들어 있었고, 나머지 4할이 문 드롭 꽃이슬로 만든 [월광밀]과 해독초 등의 꽃가루로 만든 [만홍 벌꿀]이었다.

그리고 마지막 1할은 자주 봤던 호박색 벌꿀―――, [요정향의 화왕밀]이었다.

"아하하, 설마 장난꾸러기 요정이 나눠줬던 [요정향의 화왕밀]을 내가 만들 수 있게 될 줄이야……."

그렇게 말한 다음, 장난꾸러기 요정의 지도를 받아 [아트리엘]의 약초밭에 설치한 [양봉 상자]도 확인해보았다. 여

긴 단일 식물이 근처에 있는 걸 보고 [만홍 벌꿀]만을 노린 모양이었다.

"그럼 나는 모은 수액하고 벌집 처리를 하고 올게."

"윤, 다녀오렴. 기다리고 있을게."

"윤찌, 우리는 나머지 삼림 구역을 도와주고 올게!"

그렇게 나 혼자 [아트리엘]로 돌아와서 성분 농축기에 [활기의 꿀나무]의 수액을 넣고 농축시킨 다음, 벌집은 [이동백 씨유]를 짜낼 때 쓰는 압착기를 이용해 벌꿀을 짜냈다.

모인 벌꿀은 종류별로 병에 담았고, 짜다 남은 찌꺼기인 밀랍은 연고 계열 아이템에 쓸 수 있기에 잘 굳혀서 남겨두었다.

개인 필드 만들기를 도와준 마기 씨 일행과 세이 누나, 그리고 미카즈치네 길드 [팔백만] 멤버들에게 보답으로 [소생약 개량형] 10개와 작은 병에 담은 벌꿀을 주었다.

예상대로 미카즈치는 벌꿀주를 만들기 위해 일단 작업에서 빠지는 등, 이런저런 일들이 있었다.

그렇게 플레이어들끼리 서로 교류하여, 여름방학이 끝나기 전에 북동쪽 삼림 구역이 완성되었다.

종장 　여름의 끝과 개인 필드

여름방학이 끝나가는 와중에 [개인 필드]를 완성시킨 우리는 마기 씨 일행과 세이 누나, 그리고 미카즈치네 길드 [팔백만]의 협력해준 플레이어들과 함께 완성 뒤풀이로 연회를 개최했다.

거기서, 클로드가 파수대에서 촬영해 편집한 작업 풍경 동영상이 재생되었다.

"대단하네……, 이게 우리가 만들어낸 개인 필드구나."

처음에는 아무것도 없는 초원이었지만, 지표면에 있는 플레이어와 합성 MOB들이 움직여서 돌을 깔고 길을 내고, 때로는 돌의 배치가 마음에 들지 않아서 일단 부수고 다시 설치하는 것을 반복하자 조금씩 길이 뻗어나갔다.

그 밖에 별장이 만들어지는 모습도 재미있었다. 또 플레이어들이 작업을 하지 않는 야간 개인 필드에서는 고원 에리어의 시원한 공기와 밤하늘의 별이 반짝이고, 지표면에서는 약초밭에 심은 푸르스름하게 빛나는 문 드롭이 환상적인 광경을 만들어냈다.

약초밭에 심었던 묘목이 삼림 구역으로 옮겨 심어지고, 중간부터 흙과 돌을 옮겨서 지형에 기복이 생기고, 숲이 서서히 생겨나는 모습. 그걸 위에서 내려다보는 게 흥미로웠다.

쌓아서 만든 언덕에 차례차례 피어나는 꽃밭의 모습에는

가까이에서 본 광경과는 다른 감동이 있었다.

나는 클로드에게 그 편집된 동영상을 받아서 여름방학이 끝나기 전까지 몇 번이나 다시 돌려보았다.

이렇게 완성된 [개인 필드]를 뮤우와 타쿠 일행, 에밀리 양과 레티아 일행에게도 보여주고 싶어서 프렌드 한정으로 출입구 통과를 자유롭게 풀어놓았다.

[아트리엘]에 문을 설치해 두었기에 시간이 있으면 보러 와서 즐겨줬으면 한다고 연락해 두었다.

그리고 여름방학이 끝나기 며칠 전――――, 나와 세이 누나는 뮤우에게 개인 필드를 안내해주고 있었다.

"우와아아아, 엄청 넓어! 이게 윤 언니의 개인 필드구나."

뮤우는 신기하다는 듯이 별장인 통나무집에서 뛰어 올라갔고, 2층 베란다 난간 너머로 몸을 내밀며 아직 손을 대지 않은 초원을 둘러보고 있었다.

약초밭에 심은 문 드롭 주위에는 양봉 상자에서 날아오른 꿀벌들이 열심히 꽃가루와 꽃의 꿀을 모으고 있었다.

"윤, 언니, 세이 언니, 이봐~!"

"뮤우! 그 밖에도 소개하고 싶은 곳이 있으니까 내려와!"

"네에~!"

내가 1층 우드덱에서 말을 걸자 뮤우가 기운찬 목소리로 말하고는 후다다닥, 소리를 내며 내려왔다.

"정말, 윤 언니도 그렇고 세이 언니도 치사해! 이렇게 넓은 개인 필드를 만드는 걸 비밀로 하고 있었다니! 이렇게 재

있는 걸!"

"후훗, 미안해. 그래도 뮤우는 할 일이 있었잖니?"

세이 누나가 그렇게 대답하자 뮤우는 볼을 부풀렸다.

"뮤우가 할 일? 설마, 여름방학 숙제가 아직 남은 건……"

"그건 아니야! 이미 끝냈고! 모르는 문제는 루카네에게도 물어봤으니까!"

그건 괜찮은 게 아닌 것 같은데.

루카토와 다른 친구들에게 폐를 끼치진 않았을지 걱정된다.

그런데 여름방학 숙제가 아니라면 뭐였을까.

저번에 뮤우가 교환하고 싶어하는 퀘스트 칩 아이템이 뭐냐고 물어봤을 때 비밀이라고 했는데, 그거하고 관련이 있나?

"뮤우는 나중에 제대로 가르쳐줄 것 같으니까 지금은 우선 안내를 해주자."

"그래, 알겠어. 뮤우, 이쪽이야."

내가 손가락으로 방향을 가리키며 삼림 구역 쪽으로 뻗은 돌바닥 길을 나아가자 뮤우는 하얀 색 돌만 밟으며 따라왔다. 그 어린애 같은 모습을 본 나와 세이 누나가 미소를 지었다.

"이곳이 윤 언니의 숲이구나. 치유 오라가 잔뜩이야!"

뮤우가 두 팔을 벌리고 심호흡을 하며 신기한 듯이 숲을 둘러보았다.

"윤 언니, 세이 언니. 저건 뭐야?"

"저건 세이 누나하고 미카즈치네가 제공해준 소재로 만든 관리용 합성 MOB이야."

여기에는 우드 돌을 비롯한 인간형 합성 MOB을 채용했다.

그들에게 지시를 내려두면 [양봉 상자]의 벌집과 [활기의 꿀나무]의 수액을 회수해서 별장의 아이템 박스에 넣어준다.

이 회수 방법은 나와 마찬가지로 개인 필드에 식림장을 만든 리리의 아이디어다.

"앗, 과일나무도 있네! 저기, 따먹어도 돼?"

"관상용으로 심은 거긴 한데, 상관없어."

과일나무는 [아트리엘]의 약초밭에도 있는 [산악 사과]와 [한산 포도] 같은 것들도 준비했다.

뮤우에게 허락을 해주자, 그녀는 기뻐하며 침목이 깔린 좁은 길을 걸어가서 과일을 몇 개 딴 다음 먹으며 걸었다.

그 밖에도 관상용으로 뿌린 약초 계열 씨앗 덕에 숲 곳곳에 군생지가 생겨나 있었다.

"헉, 맞다! 윤 언니! 이 사과하고 양봉 상자에서 채집할 수 있는 벌꿀로 사과 구이를 만들 수 있지 않을까?! 분명 맛있을 거야!"

"그거 맛있을 것 같네. 나도 먹어보고 싶어."

뮤우가 아이디어를 떠올리고 의뢰하자 세이 누나가 맞장구를 쳤고, 나는 쓴웃음을 지으며 고개를 끄덕이고는 훈훈한 분위기로 숲을 안내해 나갔다.

숲 중심 근처에 내가 몰래 만들어두었던 마음에 드는 곳으로, 나는 뮤우와 세이 누나를 안내했다.

"이곳. 이 주변만은 내가 만들었어."

"윤이 몰래 뭔가 하나 싶긴 했는데, 이곳을 만들고 있었구나."

내가 안내한 곳은 숲 한가운데에 뻥 뚫려 있고 이끼가 깔린 광장이었다.

중심에는 녹색 이끼로 덮인 나무 그루터기만 있는 공간이다.

"윤 언니, 여기야? 엄청 수수한데."

"됐으니까, 여기 누워보라고. 이렇게 하늘을 보고."

나는 뮤우를 재촉하며 먼저 이끼 융단 위에 누웠다.

"재미있을 것 같네. 에잇."

"세이 언니도?! 으윽, 알겠어."

나 다음으로 세이 누나도 흉내 내며 땅바닥에 눕자 뮤우도 어쩔 수 없이 누웠다.

하지만 누운 순간, 뮤우의 표정이 극적으로 바뀌었다.

"오오오! 대단해, 이게 뭐야, 엄청 기분 좋다!"

"그렇지? 이끼 매트가 있다는 이야기를 들었을 때부터 계속 만들고 싶었거든!"

부드럽게 가라앉는 이끼와 지면이 지닌 시원한 느낌이 기분 좋았다.

그리고 드러누운 우리 정면에서는 푸른 하늘과 흘러가는 구름을 올려다볼 수 있었다.

밤이 되면 고원 에리어의 맑은 공기 덕분에 아름답게 빛나는 별들을 볼 수도 있다.

"뮤우에게는 수수하게 느껴지겠지만, 괜찮은 곳이지?"

"아냐! 처음에 그렇게 생각하긴 했지만, 치유되네."

"정말 그래. 바람 소리도 기분 좋고."

평원을 내달린 바람이 숲의 나뭇잎들을 흔드는 소리에 나와 세이 누나는 귀를 기울였다. 뮤우를 보니 이미 눈을 감고 이 공간을 온몸으로 맛보려 하고 있었다.

한동안 말없이 이끼 광장을 맛본 다음, 일어선 우리는 마지막 장소에 도착했다.

"이 앞이 꽃밭이야."

흙을 쌓아서 화초 씨앗을 뿌린 꽃밭 언덕에는 다양한 꽃들이 화려하게 피어나 있었다.

그런 언덕 꼭대기에 먼저 온 손님이 있었다.

"뤼이하고 자쿠로는 여기 있었구나. 그리고 장난꾸러기 요정들도."

내 파트너인 뤼이와 자쿠로가 꽃밭 언덕에서 요정들과 술래잡기를 하고 있었다.

뤼이가 가볍게 꽃밭을 걸어다녔고, 자쿠로와 요정 NPC들이 즐거운 목소리를 내며 춤추듯 술래잡기를 하고 있었다.

"우와, 메르헨. 그리고 판타지! 귀여워!"

들뜬 뮤우의 목소리를 듣고 돌아본 뤼이, 자쿠로, 요정들이 우리에게 달려왔다.

"장난꾸러기 요정들이 와 있었구나. 어때? 이 숲하고 꽃밭은?"

"여긴 좋은 곳이야. 숲에 들어가면 과일도 있고 꽃밭도 있어! 우리, 마음에 들었어!"

장난꾸러기 요정이 활짝 웃었고, 다른 요정들도 고개를 끄덕이고 있었다.

신출귀몰한 요정들이 개인 필드를 마음에 들어 해준 건 내게 이익이다.

요정들이 모여들어서 논 곳에는 소생약의 해제 소재인 [요정의 비늘가루]가 남고, 그건 곧 정기적으로 소재를 손에 넣을 방법이 생긴다는 것이다.

뭐, [요정의 비늘가루]를 주는 대신 양봉 상자의 벌꿀을 몰래 먹는 경우도 있긴 하지만, 그건 참아야겠다.

그냥 순수하게 요정들이 즐거워하는 모습을 보고 있기만 해도 나는 기뻐진다.

"있지, 있지, 우리랑 술래잡기하고 놀자! 우리를 잡으면 이기는 거야!"

""""도망쳐~!""""

"좋았어~, 내가 잡아줄게!"

자유로운 요정들이 그렇게 말하며 일방적으로 놀기 시작하자 뮤우가 그런 요정들을 쫓아다니며 꽃밭을 달렸다.

나는 솟구치는 꽃잎을 보며 눈을 가늘게 뜨고, 혼자서는 이 정도까지 만들지 못했을 [개인 필드]의 꽃밭 풍경을 바라보았다.

●

"아~, 재미있었다~!"

""""재미있었지~!""""

뮤우와 장난꾸러기 요정들이 꽃밭에서 술래잡기를 한참 즐기고 난 다음, [아트리엘]로 돌아와서 뮤우가 부탁했던 사과 구이를 만들었다.

심지를 빼낸 [산악 사과]에 버터와 벌꿀을 채워 넣고, 그 위에 계피를 약간 뿌려서 오븐으로 구웠다.

음료수는 쿄코 씨가 끓여준 차에 [활기의 꿀나무] 수액을 성분 농축기로 농축시킨 [활기의 갈색 꿀].

그것을 더욱 농축시켜 만든 결정인 [활기의 갈색 설탕]을 홍차에 녹여서 마셨다.

"오~, 아까 부탁했던 사과 구이! 잘 먹겠습니다~!"

뮤우는 스푼으로 떠먹을 수 있을 정도로 부드러워진 사과 구이를 떠먹었다.

세이 누나도 사과 구이를 먹고는 행복한 듯한 미소를 짓고 있었다.

"윤, 맛있어. 고마워."

"별말씀을. 자, 그럼━━━."

나는 뤼이와 자쿠로, 장난꾸러기 요정들이 먹기 편하게끔 자른 사과 구이를 접시에 담아준 다음, 뮤우를 보았다.

"슬슬 가르쳐줘도 되지 않아? 내 [개인 필드]를 안내해줬으니까."

"흐에? 가르쳐주라고? 뭘?"

"뭐냐니……, 뮤우가 퀘스트 칩으로 뭘 교환했는지 말이야."

세이 누나와 마기 씨는 뮤우가 퀘스트 칩으로 무슨 아이템을 교환했는지 알고 있는 것 같았으니, 나만 모른다는 건 조금 쓸쓸하다.

"응! 기억해! 기억하고 있다니까, 윤 언니!"

"뮤우, 잊어버리고 있었던 것 같은데?"

"그, 그럴 리가 있나……."

내가 뮤우에게 눈을 흘기자 그녀가 눈을 이리저리 굴렸다.

정말. 내가 그렇게 말하며 한숨을 쉬었고, 세이 누나가 나와 뮤우를 보고는 쿡쿡대며 웃었다.

"그럼 내가 퀘스트 칩으로 뭘 교환했는지 가르쳐줄 테니까 따라와!"

뮤우는 내 [아트리엘]에 있는 전이 오브젝트인 [미니 포탈]을 써서 어디론가 이동하려 하고 있었다.

적 MOB이 있는 에리어에서 교환한 전투용 아이템을 실제로 사용하는 모습을 보여주려는 건가?

그리고 전이한 곳은 어떤 건물 안.

1층은 넓고 탁 트인 곳이었고, 1층과 2층에는 각각 개인실 문이 있었다.

건물 창문으로 밖을 보니 평원이 펼쳐져 있었기에 마을 안에 있는 건물은 아닌 것 같았다.

"뮤우, 여기가 어디야?"

평원 한가운데에 주거지가 있는 에리어는 내 기억 속에 존재하지 않았다.

그리고 [하늘의 눈]으로 창문 밖에 보이는 평원을 둘러보니 적 MOB도 없었다.

마치———, 내가 [개인 필드]를 손에 넣은 직후 같았다.

"설마……, 뮤우도 [개인 필드 소유권]을 교환한 거야?!"

"땡~. 아깝네! 정답은———, [길드 에리어 소유권]하고 교환한 거야!"

내가 깜짝 놀라고, 옆에 있던 세이 누나는 여전히 즐겁게 미소를 지었다.

"어? 그런데 뮤우는 길드에 들어가지 않았잖아."

항상 루카토 같은 사람들과 고정 파티를 짜거나, 고정 파티를 짜지 못할 때는 솔로로 행동하거나 아는 사람들끼리 파티를 짜곤 했다.

"그건 말이지, 우리끼리 새롭게 길드를 만들었기 때문이야!"

뽐내듯 두 팔을 벌린 뮤우의 목소리와 함께 2층의 문이 열렸다.

"앗, 뮤우 양, 어서 오세요. 윤 씨하고 세이 씨를 초대하셨군요."

2층 난간에서 내려다본 루카토가 우리에게 인사했다.

그 목소리를 듣고 다른 방에서도 이 집에 있던 히노와 토우토비, 코하쿠, 리레이 같은 사람들도 고개를 내밀었다.

"모두 모였으니 윤 언니에게 정식으로 소개할게. 이곳은 길드 [백은의 여신]의 길드 에리어와 홈이야!"

뮤우는 루카토 일행과 함께 길드를 만든 모양이었다.

"뭐라고 해야 하나, 이제 와서? 하는 감이 엄청 있긴 한데, 길드는 왜?"

"저기 말이지. 윤 언니의 [아트리엘] 같은 홈이나 [팔백만]의 길드 에리어를 보니까 욕심이 나버렸어."

에헤헤, 하고 웃는 뮤우를 보고 루카토 일행이 제각각 설명을 해주었다.

"여섯 명이서 퀘스트 칩을 모아서 제일 작은 크기인 [길드 에리어 소유권]을 교환했어요. 그리고 길드 설립 퀘스트로 [길드증]도 얻으러 갔었죠."

"나는 [해적왕의 비보]로 손에 넣은 [전사의 추억]이나 [모노리스 캘큘레이터]를 설치할 훈련장이 있었으면 했거든!"

루카토는 길드를 설립하게 된 과정을 설명해 주었고, 히노는 자신의 실력을 시험해볼 수 있는 훈련소를 만들게 되어서 기쁜 듯이 이야기했다.

"……저는, 저기, 모은 소품 아이템을 장식할 제 방이 있었으면 했어요."

"그라제. 모은 아이템을 장식하는 거 말고도 1년 동안 모은 아이템을 넣어둘 곳도 필요했응께."

쑥스러운 듯이 대답한 토우토비는 자기 방 문쪽을 힐끔거리며 보았고, 코하쿠는 인벤토리에 쌓인 불필요한 아이템 처리에 대해 투덜거렸다.

토우토비와 코하쿠의 심정을 왠지 이해할 수 있었기에 동의하며 고개를 끄덕였다.

"후후훗, 이제 누구에게도 방해를 받지 않고 귀여운 미소녀를 방으로 초대해서 즐거운 한때를 지낼 수 있겠네요. 어때요? 윤 씨와 세이 씨, 제 방에 오시지 않겠어요?"

"니가 있는 위험한 방에 가게 둘 것 같아?"

리레이가 우리를 꼬시기 위해 한 발짝 앞으로 나섰지만, 코하쿠가 리레이의 옷 뒤쪽을 잡고 물리적으로 우리와의 거리를 벌려놓았다.

여전한 모습이라 웃음이 나오는 와중에 뮤우가 갑자기 우울한 듯이 한숨을 내쉬었다.

"길드하고 길드 에리어를 만들긴 했는데, 이제 곧 여름방학이 끝난단 말이지……"

"그러게. 모처럼 만든 홈을 거점으로 이런저런 장소에 모험을 가고 싶은데, 다시 학교에 가야 하니까."

그렇게 우울해하는 뮤우에게 히노가 맞장구를 쳤다. 다른 사람들 역시 곤란하다는 듯이 웃으면서도 역시 즐거운 여름방학이 끝난다는 것에 대해 쓸쓸해하는 것 같았다.

그런 마음은 나나 세이 누나도 마찬가지였기에 뮤우 일행에게 제안했다.

"여름방학이 끝날 때까지는 아직 시간이 좀 있으니까 더 즐길 수 있지 않을까?"

"그러게. 여름 이벤트가 끝나더라도 OSO 1주년 이벤트는 계속 이어지니까 더 즐길 수 있을 거야."

나와 세이 누나가 그렇게 말하자 쓸쓸해하던 뮤우가 정신이 번쩍 든 표정을 지었다.

"그렇지! 시간이 아직 남았으니까 마지막까지 놀아야겠어! 있지, 지금 갈 수 있는 곳으로 모험을 하러 가지 않을래?"

"후후훗, 그럼 윤 씨와 세이 씨도 함께 즐길 수 있는 모험을 하러 가시지 않겠어요? 여자애들이 많은 편이 즐거우니까요."

"리레이의 이유는 불순하지만, 내도 세이 씨랑 윤 씨가 같이 모험을 하러 가는 거는 찬성이여."

이벤트 막바지를 즐기려 하는 뮤우. 그리고 리레이의 제안으로 나와 세이 누나도 그 모험에 초대받았다.

나머지 일행도 우리의 참가를 환영하고 있었다.

"다들 고마워. 그럼 호의를 받아들여서 따라가 볼까?"

"요즘은 [개인 필드]만 만들었으니까 나도 같이 참가해 볼까."

내가 그렇게 대답하자 뮤우는 나와 세이 누나의 손을 잡고 끌어당기며 걷기 시작했다.

"앗싸~! 윤 언니하고 세이 언니랑 모험이다~! 그럼, 갈까!"

"뮤우 양, 잠깐만 기다리세요! 아직 행선지를 정하지 않았다고요!"

당황하며 말리려 하는 루카토의 목소리를 듣고 쓴웃음을 지은 나와 세이 누나는 얼마 남지 않은 여름의 추억을 만들기 위해 모험에 나섰다.

——스테이터스——

NAME : 윤

무기 : 검은 소녀의 장궁, 볼프 사령관의 장궁

보조무기 : 마기 씨의 식칼, 고기 써는 식칼 중흑, 해체식칼 창무

방어구 : CS No.6 오커 크리에이터 (하복, 동복, 수영복)

액세서리 장비 한계 용량 (3/10)
 · 페어리 링 (1)
 · 대신하는 보옥의 반지 (1)
 · 사수의 골무 (1)

예비 액세서리 일람
 · 몽환의 주민 (3)
 · 원예지륜구 (1)
 · 도어부의 철륜 (1)

소지 SP 54

[마궁 Lv40] [하늘의 눈 Lv44] [간파 Lv50] [강력 Lv16]

[준족 Lv41] [마도 Lv46] [대지속성 재능 Lv32]

[부가술사 Lv22] [염동 Lv20] [요리인 Lv27] [잠복 Lv12]

[급소의 소양 Lv18]

대기

[활 Lv55] [장궁 Lv45] [조약사 Lv38] [장식사 Lv13]

[연성 Lv20] [조교사 Lv13] [수영 Lv25] [언어학 Lv28]

[등산 Lv21] [생산직의 소양 Lv40] [신체내성 Lv5]

[정신내성 Lv15] [선제의 소양 Lv20] [낚시 Lv10]

[재배 Lv20] [열기 내성 Lv1] [한기 내성 Lv1]

· [익스팬션 키트 I]으로 [검은 소녀의 장궁]을 강화시켰다.

· [소생약]을 개량하여 [소생약 개량형]을 만들어내는 데 성
공했다.

· 은 퀘스트 칩 75개를 소비하여 [개인 필드 소유권]과 교환
했다.

· 개인 필드에 [문 드롭]과 [활기의 꿀나무]를 재배, 양봉 상
자를 설치하여 관련된 아이템을 정기적으로 채집할 수 있게
되었다.

· 개인 필드에 [페어리 서클]이 발생하여 요정 NPC가 방문
하게 되었고, [요정의 비늘가루]를 떨어뜨리고 가게 되었다.

후기

처음 뵙는 분, 오랜만에 뵙는 분, 안녕하세요. 아로하자초입니다.

이 책을 구입해주신 분, 담당 편집자 O씨, 새롭게 작품 일러스트를 담당해주신 mmu님, 그리고 출판 이전부터 인터넷에서 제 작품을 봐주신 분들께 진심으로 감사드립니다.

OSO 시리즈는 현재 드래곤 에이지에서 하니쿠라운 선생님의 코미컬라이즈 버전이 연재되고 있습니다. 코미컬라이즈를 통해 큐트한 코믹 버전 윤 일행의 활약이나 귀여운 모습을 볼 수 있습니다.

OSO 1주년 대형 업데이트 후편인 19권은 재미있게 즐겨주셨을까요.

이번 권도 다양한 게임 요소를 참고하였습니다.

괴도단 NPC와 벌인 술래잡기와 숨바꼭질은 '워치 독스'라는 게임을 참고했습니다.

'워치 독스'라는 게임은 해커가 된 플레이어가 상대방의 휴대폰 데이터를 훔치기 위해 다가가 해킹을 한 다음에 일정 시간 동안 들키지 않고 버티면 승리하는 숨바꼭질 액션 게임입니다.

들키지 않게끔 건물 사각에 숨거나, 사람들 사이에 숨어서 매우 자연스러운 NPC 행세를 하거나, 침입 경로가 한정된 곳에 틀어박혀서 잡히지 않게끔 하거나, 그렇게 다양한 전법으로 해킹을 성공시키려 합니다.

온라인 모드에서는 해킹을 당한 쪽도 플레이어이기 때문에 다양한 방법으로 해킹을 한 플레이어를 찾아내서 승리하려 합니다.

그 게임을 통해 사람들끼리 심리전을 벌이는 게 그 게임의 재미있는 부분이었습니다.

처음에는 OSO에 시가지 에리어에서 PVP나 GVG를 벌이는 것을 감안해서 플레이어들의 밀도 높은 심리전이나 눈치 싸움, 지형을 이용한 전법 등을 생각하고 있었습니다.

하지만 모처럼 대형 업데이트인데 언제든 할 수 있는 PVP나 GVG를 하게 만드는 건 아깝다는 느낌이 들었습니다.

그 결과, TV 프로그램 '도주 중'의 요소와 규칙을 넣으면서 우스꽝스럽고 다양하게 숨거나 도망치는 괴도단 NPC를 붙잡는 헌팅 게임으로서의 놀이를 제공할 수 있지 않았나 하는 생각이 듭니다.

그렇게 다양한 놀이 방식을 참고해서 도입해 나가는 OSO라는 게임을 묘사하는 게 힘들긴 하지만, 아직 좀 더 이 세계를 넓게 확장시켜 나가고 싶습니다.

앞으로도 저, 아로하자초를 잘 부탁드립니다.

마지막으로 이 책을 읽어주신 독자 여러분께 다시 감사의 말씀 드립니다.

2020년 10월 아로하자초

역자 후기

안녕하세요, 천선필입니다.
『온리 센스 온라인』 19권, 재미있게 읽으셨는지 모르겠습니다.

이번 19권에서는 저번 18권에 이어 1주년 업데이트가 마무리되었습니다. 그와 더불어 윤이 세웠던 목표인 [개인 필드 소유권]도 손에 넣어서 그동안 윤이 이용해왔던 거점뿐만이 아니라 리리처럼 드넓은 개인 필드도 가지게 되었기에 뭔가 스케일이 갑자기 커진 느낌이 들기도 합니다.

온라인 게임에서 플레이어의 개인 공간 같은 집이나 길드 아지트 같은 하우징 요소는 개발하는데 수고가 많이 들어가는 편이긴 하지만, 대부분 유저들에게 좋은 평가를 받곤 합니다. 가상 세계에 자신만의 공간, 마음에 드는 사람들과 함께 공유할 수 있는 공간이 있다는 점은 누구나 좋아할 법한 콘텐츠죠. 개발 측에서도 서비스를 장기적으로 키워나갈 계획이 있을 경우에 하우징 요소를 적극적으로 고려하곤 합니다.

그 이유는 역시 '애착'에 있지 않을까 하는 생각이 듭니다. 저도 게임 회사를 10년 가까이 다니면서 기획도 해보았고,

해외 서비스 같은 사업도 진행해 보았습니다만, 온라인 게임에서는 매력적인 콘텐츠를 선보이며 신규 유저를 끌어들이는 것도 중요하지만, 그렇게 모여든 신규 유저를 어떻게 오랫동안 유지할지도 중요한 관심사니까요. 그렇기 때문에 커뮤니티 기능을 강화해서 온라인 게임의 주요 매력인 다른 사람들과의 관계성을 가지게 하여 애착 때문에 떠나지 못하게끔 하는 시도도 대다수의 온라인 게임에서 많이 보이곤 합니다.

그렇게 다른 사람들과의 관계에서 애착을 가지게 되는 한편, 게임 내 콘텐츠에 애착을 가지게끔 하려는 시도도 존재합니다. 제일 먼저 생각해볼 수 있는 것이 캐릭터겠죠. 자신이 조작하면서 강하게 키워 낸 캐릭터, 특이한 개성을 부여해서 다른 사람들과는 차별화된 캐릭터에 애착이 생겨서 온라인 게임을 계속 플레이하게 되는 경우도 충분히 생각해볼 수 있을 테니까요. 그리고 캐릭터에 이어 게임 내 콘텐츠에 애착을 생기게끔 하려는 시도가 하우징 요소라고 할 수 있습니다. 물론 마음만 먹으면 언제든 떠날 수 있는 게 온라인 게임이긴 합니다만, 게임 안에 자신만의 집이나 길드 하우스 같은 공간이 있다면 애착이 생겨서 떠나기가 아쉬운 마음이 들 수밖에 없겠죠. 어떤 게임이든 개발과 서비스가 그러한 예측과 시도 위에 이루어지고 있습니다.

이런 생각을 하면서 이번 『온리 센스 온라인』 19권을 번역하였습니다. 매번 그랬듯이 감사의 말씀 드리고 후기를 마치려 합니다.

항상 신경을 많이 써주시는 담당 편집자분, 그리고 책을 내는데 도움을 많이 주신 소미미디어 관계자 여러분, 그리고 가족 여러분. 감사합니다.

그 누구보다 감사드리고 싶은 분은 독자 여러분입니다. 제가 이렇게 무사히 번역을 마치고 후기를 쓸 수 있는 것도 독자 여러분 덕분이라 생각합니다. 진심으로 감사드립니다.

다시 찾아뵙게 될 때까지 행복한 하루 보내시길 바랍니다. 감사합니다.

Only Sense Online Vol.19
©Aloha Zachou, mmu, Yukisan 2020
First published in Japan in 2020 by KADOKAWA CORPORATION, Tokyo.
Korean translation rights arranged with KADOKAWA CORPORATION, Tokyo.

온리 센스 온라인 19

2023년 02월 15일 1판 1쇄 발행

저   자 아로하자초
일 러 스 트 mmu
옮 긴 이 천선필
발 행 인 유재옥
본 부 장 조병권
담당편집 박치우
편 집 1 팀 김준균 김혜연
편 집 2 팀 박치우 정영길 정지원 조찬희
편 집 3 팀 오준영 이해빈
편 집 4 팀 전태영 박소연
라이츠담당 김정미 맹미영 이윤서
디 지 털 박상섭 김지연
미   술 김보라 박민솔
발 행 처 ㈜소미미디어
인쇄제작처 ㈜코리아피앤피
등   록 제2015-000008호
주   소 서울시 마포구 토정로222, 403호 (신수동, 한국출판콘텐츠센터)
판   매 ㈜소미미디어
영   업 박종욱
마 케 팅 한민지 최원석 최정연
물   류 백철기 허석용
전   화 (02)567-3388, Fax (02)322-7665

ISBN 979-11-384-3476-8
ISBN 979-11-5710-083-5 (세트)